Zum Teufel alle miteinander!

Anekdoten über Churchill

Gesammelt und aufgeschrieben
von Thomas Kupfermann

EULENSPIEGEL VERLAG

»We are all worms. But I do believe I am a glow-worm.«

Winston Churchill

Schloß und Kammer

Als der Herzog von Marlborough in der Herbstsaison 1874 auf seinem Stammschloß einen Ball gab, war auch seine temperamentvolle, lebenslustige Schwiegertochter unter den Gästen. Die Schöne, im siebten Monat schwanger, kam vorzeitig nieder. Sie schaffte es gerade noch in einen Umkleideraum, wo sie zwischen abgelegten Pelzmänteln, Schals und Hüten ihr Kind zur Welt brachte, einen rothaarigen Jungen, über den die Herzogin von Marlborough zu berichten wußte, daß sie ein so gräßliches Geschrei wie von diesem Neugeborenen noch nie gehört habe.

In der »Times« erschien einige Tage darauf die einzeilige Mitteilung: »Am 30. November wurde Lady Randolph Churchill in Blenheim Palace eines Sohnes entbunden.«

Der Sohn wurde auf den Namen Winston Leonard Spencer Churchill getauft.

Später, als er die politische Bühne betreten hatte, ließen es sich seine Gegner nicht entgehen, doppeldeutig von dem »eiligen jungen Mann« zu reden.

Am liebsten spielte das Kind mit seiner Zinnsoldatensammlung: Schlachtszenen aufbauen, Attacken reiten, Gefangene machen, die Siegesfanfare schmettern ... Einmal kam der Vater hinzu und beobachtete lange und nachdenklich das Spiel. Schließlich fragte er, ob »Winnie«, wie er seinen Sohn nannte, später einmal zur Armee gehen möchte. Begeistert bejahte Winston.

»Jahrelang dachte ich, daß mein Vater in diesem Moment mit all seiner Erfahrung ein militärisches Genie in mir entdeckt hatte. Stattdessen mußte ich später einsehen, daß er einfach nur gefolgert hatte, daß ich nicht clever genug war, Jura zu studieren.«

Verhinderte Abrechnung

Mit sieben Jahren kam Winston auf das traditionsreiche Internat Ascot. Tradition hatte man auch und vor allem in strenger Erziehung. Winston war ein schlechter Schüler, zudem als halsstarrig verschrien, also sollte dem Jungen die Disziplin im wahrsten Sinne des Wortes eingeprügelt werden. Er haßte die Schule und die Erzieher. Als achtzehnjähriger Zögling der Militärakademie fuhr er noch einmal nach Ascot, um seine einstigen Peiniger zur Rede zu stellen. Doch der Schulleiter war inzwischen gestorben, die Schule geschlossen.

Was man lernen sollte ...

Nach seiner Auffassung über die englischen Schulen und deren Lehrinhalte befragt, sagte der alte Churchill: »Ich würde allen Jungen erst einmal ordentlich Englisch beibringen, und danach würde ich die begabteren Lateinisch lernen lassen als eine Ehre und Griechisch als eine besondere Leckerei. Und prügeln würde ich sie nur, wenn sie nicht Englisch könnten. Dafür aber ganz gehörig.«

Verfehlte Empfehlung

Besonders die klassischen Sprachen bereiteten dem Schüler Probleme. Ein Lehrer versuchte ihn anzuspornen und hielt ihm vor: »Premierminister Gladstone liest Homer zu seinem Vergnügen!«

Ungerührt antwortete Winston: »Da geschieht ihm ganz recht!«

Zwei Seiten einer Medaille

Beim Herumtoben mit Klassenkameraden passierte es: Winston stürzte und brach sich ein Bein. Als Mitschüler ihn abtransportierten, stöhnte er laut auf.

»Tut es sehr weh?« fragte ein Freund.

»Nicht doch, das war kein Seufzer des Schmerzes, sondern der Erleichterung. Mir fiel gerade ein, daß ich für morgen keine Schularbeiten erledigen muß.«

Traditionsbruch

War man ein Churchill, besuchte man das College in Eton, die angesehenste unter den englischen Eliteschulen. Winston Churchill kam auf das College in Harrow. Weil es – anders als Eton – nicht in einem Tal, sondern auf einem Hügel liegt, und das sei für die labile Gesundheit des Jünglings von Vorteil, *sagte* die Familie. Weil ein so schlechter Schüler keine Chance in Eton hatte, *wußte* die Familie.

Aussichten

Harte Worte notierte der Schulleiter in Harrow über einen seiner Schüler im Jahr 1890: »Er ist vergeßlich, unzuverlässig, unpünktlich und ungehörig auf alle mögliche Art und Weise ... Sollte er nicht in der Lage sein, seine Schlamperei zu kontrollieren, wird er wohl nie erfolgreich die Schule beenden.«

Der Name des Schülers: Winston Churchill.

Kurz und bündig

Auf der Schule in Harrow wurde das Aufsatzthema »Was ist Faulheit?« gestellt. Winston lieferte eine dreiseitige Arbeit ab. Auf der ersten Seite stand: »Das«, auf der zweiten »ist«, auf der dritten »Faulheit«.

Gekontert

Als einzige positive Eigenschaft registrierten die Lehrer das enorme Gedächtnis des Jungen, das ihn befähigte, lange Gedichte und ganze Shakespeareszenen zu rezitieren. Auch lieferte Winston erste Beispiele seiner späteren Eloquenz.

Als der Schulleiter ihm einen Verweis erteilen wollte und drohend die Worte sprach: »Ich habe sehr ernste Gründe, mit dir unzufrieden zu sein«, erwiderte der Schüler: »Ich aber, Sir, habe sehr ernste Gründe, mit Ihnen unzufrieden zu sein.«

Fazit

Im hohen Alter auf seine Schulzeit rückblickend, zog Churchill ein kurzes Fazit: »Im Sport war ich nicht besonders gut – und noch weniger im Lernen.«

Geht doch ...

»Wohl wenige haben so wenige Examen bestanden und so viele Doktortitel eingeheimst wie ich.«

Kein Idiot

Für die Karriere des allgemein für unbegabt gehaltenen Schülers gab es nur eine Option: die Militärlaufbahn.

Im dritten Anlauf bestand der Achtzehnjährige die Aufnahmeprüfung und wurde Kadett an der Royal Military Academy in Sandhurst. Damit waren die Pflöcke eingerammt, denn, wie Churchill später nüchtern einschätzte: »Es konnte keiner, der nicht ein geborener Idiot war, vermeiden, aus diesem Institut in die Armee zu gelangen.«

Fürs Leben gelernt

Fünf Monate Urlaub standen den Kadetten der Royal Military Academy zu. Der eilige junge Mann nutzte sie: Er erreichte über den britischen Botschafter in Madrid, einen Freund seines inzwischen verstorbenen Vaters, daß er als »Beobachter« und »Kriegsberichterstatter« nach Kuba gehen durfte. Das Land erhob sich unter José Martí gegen die spanische Kolonialherrschaft. Dies führte zum Krieg zwischen den USA und Spanien auf Kuba.

Drei Dinge lernte der angehende Kavallerieleutnant auf Kuba: daß man mit dem Schreiben von Artikeln Geld verdienen und populär werden kann, daß nichts über eine gute Zigarre geht und daß er für den langen Rest seines Lebens täglich »Siesta« halten wird.

Alles weitere über Kolonialpolitik und das Denken und Handeln im Sinne des British Empire hatte der Sproß aus angesehener Adelsfamilie und Sohn eines konservativen Politikers bereits mit der Muttermilch eingesogen.

Flucht und Ankunft

Als es 1899 zum Krieg zwischen den Buren und England kam, ging Churchill als Kriegsberichterstatter nach Südafrika. Der Zug, in dem er reiste, wurde überfallen und Churchill gefangengenommen – allerdings nicht, wie er behauptete, höchstpersönlich von General Botha, dem späteren Premierminister von Südafrika.

Die Buren hüteten sich, den Sohn eines Lords zu erschießen. Er wurde in Pretoria eingekerkert. Eines Nachts gelang ihm die Flucht. 25 Pfund Belohnung wurden auf seinen Kopf ausgesetzt. Versteckt in einem Güterwagen, erreichte er am 19. Dezember 1899 Lourenço Marques, das heutige Maputo, in der portugiesischen Kolonie Mosambik. Wieder in Freiheit, sandte er der *Morning Post* einen phantasievoll ausgeschmückten Bericht über seine Flucht und veröffentlichte im Jahr darauf ein Buch, das sich wie ein Abenteuerroman las, ein großer kommerzieller Erfolg wurde und seinen Autor zum »Helden im Kampf gegen die Buren« machte.

»Nein, man sollte sich nicht gefangennehmen lassen«, sagte Churchill, »aber hätte man mich nicht gefangengenommen, hätte ich nicht fliehen können und nicht den Stoff für ein Buch gehabt, das mir soviel einbrachte, daß ich einen Wahlkampf führen und 1900 ins Parlament einziehen konnte.«

Bescheidenheit ist eine Zier

Die Zeitungen behandelten den jungen Politiker mit Sympathie; es war ihm sogar gestattet, in den Redaktionen Korrekturabzüge der Artikel einzusehen, in denen über seine Reden berichtet wurde. Bei einer solchen Gelegenheit überraschte er einen Redakteur mit seiner Bescheidenheit, indem er aus einem Artikel die Bemerkung »Applaus am Schluß der Rede« strich. Noch überraschter war der Redakteur, als Churchill stattdessen einfügte: »Lauter und lang anhaltender Applaus.«

Verständnis

Als Churchill 1900 auf Wahlkampftour war, wurde er mit einem Zwischenrufer konfrontiert: »Warum sollte ich *Sie* wählen?« rief der Mann. »Da wähle ich doch lieber den Teufel!«

»Ich verstehe Sie«, erwiderte Churchill, »aber falls Ihr Freund sich nicht zur Wahl stellt, könnte ich dann mit Ihrer Unterstützung rechnen?«

Selbst ist der Mann

Churchills journalistische Erfolge riefen Neider auf den Plan. Einmal bemerkte ein Kollege: »Wenn man einen so berühmten Staatsmann zum Vater hat, ist es leicht, Karriere zu machen.«

Lächelnd entgegnete Churchill: »Die Zeit wird kommen, da man sich an Lord Randolph Churchill hauptsächlich als an Winston Churchills Vater erinnern wird.«

Der große Redner

Auf einer Vortragsreise in Amerika, die Churchill 1901 unternahm, erreichte ihn die Nachricht vom Tode Queen Victorias. Seine Einsicht lautete: »Die führende Rolle der Privilegierten gehört der Vergangenheit an. Aber nicht hervorragende Menschen kamen an die Macht. Wir traten in die Epoche des Einflusses der Volksmassen.« Um sich als »hervorragender Mensch« zu erweisen, mußte er lernen, überzeugend aufzutreten. Vor allem im Parlament. Es ist bekannt, daß Churchill seine berühmten Reden schriftlich konzipierte und auswendig lernte, und das sogar in mehreren Varianten, um für jedes Erfordernis gewappnet zu sein. »An rednerische Improvisation glauben nur die Zuhörer.«

Antrittsrede vor dem Unterhaus: »Ich bin sehr froh, daß mir daß Unterhaus gestattet, nach einer Zeitspanne von fünfzehn Jahren (gemeint war der Rücktritt seines Vaters) die zerfetzte Fahne wieder zu erheben, die ich auf einem verwüsteten Kampffelde vorfand.«

Über einen Unterhauskollegen: »Wir alle wissen, daß er mehr als jeder andere die Gabe besitzt, die größte Zahl von Wörtern in die kleinste Zahl Gedanken zu pressen.«

Über die Rede eines Ministers: »Da ist jede abgedroschene Phrase drin, die es in der englischen Sprache gibt, außer: Bringen Sie Ihre Kleider in Ordnung, bevor Sie den Raum verlassen.«

Erwiderung an einen politischen Gegner: »Wenn ich auf die Ansichten des ehrenwerten Gentleman Wert legte, würde ich jetzt vielleicht ärgerlich werden.«

So recht wollte der politische Stern Churchill nicht zum Strahlen kommen. Als die Konservativen 1903 ein neues Kabinett bilden mußten, ging er ohne Posten aus; auch steht zu vermuten, daß der ehrgeizige Jungpolitiker das schwindende Ansehen der Tories registrierte, das zwei Jahre darauf tatsächlich in einen Wahlsieg der Whigs mündete. 1904 wechselte Churchill – gewissermaßen rechtzeitig – ins liberale Lager.

Ein befreundeter Politiker warnte: »Winston, die Ratte kann einmal ein sinkendes Schiff verlassen, aber zweimal kann sie es nicht. Beim zweiten Mal wirst du erledigt sein.«

Zwanzig Jahre später verließ Churchill zum zweiten Mal ein sinkendes Schiff, diesmal das liberale.

Wechselhaft

Durch seinen Wechsel ins liberale Lager hatte Churchill die Sympathien der Konservativen verspielt; als Überläufer wurde er aber auch in den eigenen Reihen mißtrauisch beobachtet; und in der Öffentlichkeit mußte er sich anstrengen, den schlechten Ruf, den dieser Schritt hervorgerufen hatte, loszuwerden.

»Manche wechseln die Partei ihrer Grundsätze wegen«, sagte Churchill, »andere ihre Grundsätze für ihre Partei.«

Gewußt wie

Eine gute Rede, so sah es Churchill, verlangt »vorn ein Bonmot und hinten ein Bonmot und diese beiden nahe beieinander«.

Kleon und Alkibiades

Der Aristokrat Churchill und David Lloyd George – ein Mann aus dem Volke, Sohn eines Schuhmachers, Jurist, auf dem linksliberalen Flügel stehend und im 1905 gebildeten Kabinett Handelsminister – wurden ein Gespann, das für eine Politik der Sozialreformen stand, wobei Churchill die oftmals weitreichenden Versprechungen seines Partners abzufedern wußte. Die Konservativen gaben dem Paar den Spottnamen »Kleon und Alkibiades«. Kleon – Lloyd George – war ein Schuhmacher aus Athen, der im 5. Jahrhundert v. u. Z. der erste Vertreter einer Führungsgruppe des Demos, der sogenannten Demagogen, war. Alkibiades – Churchill – ein aristokratischer Renegat des antiken Athens, der mehrere Male Athen an Sparta und Sparta an Athen verraten hatte.

Politikerqualitäten

Neidlos und voller Bewunderung erkannte Churchill an: »Wenn Mr. Llyod George in bester Form ist, kann er einen Vogel vom Baum herunterreden.«

Mit gleicher Münze zurück

George Bernard Shaw schickte Churchill anläßlich der Aufführung von »Major Barbara« 1905 ein Telegramm. »Ich habe zwei Karten reserviert für die Premiere. Kommen Sie und bringen Sie einen Freund mit – wenn Sie einen haben.«

Churchill telegrafierte zurück: »Unmöglich, zur Premiere kann ich nicht kommen, komme zur zweiten Aufführung, wenn es eine gibt!«

Eine Frage der Gewöhnung

»Mit der Zeit gewöhnt man sich an den unangenehmsten Charakter, besonders dann, wenn es sich um den eigenen handelt.«

Der eigene Kopf

Der konservative Politiker und spätere Innenminister William Joynson-Hicks bemerkte während einer Rede, daß Churchill zu den Bänken der Opposition hinüberblickte. Gereizt sagte er. »Wie ich sehe, schüttelt mein ehrenwerter Freund den Kopf. Ich möchte ihm versichern, daß ich nur meiner eigenen Ansicht Ausdruck verleihe.«

»Und ich«, konterte Churchill, »möchte dem Redner versichern, daß ich nur meinen eigenen Kopf schüttle.«

Populist

Als Abgeordneter wollte Churchill den Schein wahren, daß seine Partei auch die Interessen der Arbeiter würdig vertrat. Seinen tiefsitzenden Haß gegen sozialistische Ideen zog er auf einfache Flaschen: Sozialismus gleich Kollektivismus, Liberalismus gleich Individualismus.

»Wenn wir unsere Straßen beleuchten und Wasserleitungen bauen, dann handeln wir kollektiv. Aber geht es um die Liebe einer Frau, dann handeln wir nicht kollektiv, und die Frauen heiraten uns auch nicht kollektiv.«

Voraussetzungen

Ein Journalist fragte Churchill, über welche Eigenschaften ein Politiker seiner Meinung nach vor allem verfügen müßte.

Churchill antwortete: »Er muß voraussehen, was morgen geschehen wird, in der nächsten Woche und im kommenden Jahr – und nachher muß er erklären können, warum nichts davon eingetreten ist.«

Massa Churchill

Im Jahr 1906 unternahm Churchill als Unterstaatssekretär für die Kolonien eine Reise durch Afrika. Auf einem Militärstützpunkt verlangte er von einem Offizier, ihm ein Reitkamel zu Verfügung zu stellen. Der sah Gelegenheit für einen derben Spaß und bestimmte ein Tier, von dem jedermann wußte, daß es äußerst widerborstig war.

Als am Abend der begleitende Somalijunge zurückkam, fragte ihn der Offizier nach dem Kamel und bekam zu hören: »Kamel treten Massa Churchill. Massa Churchill treten Kamel. Jetzt sehr gutes Kamel.«

Keine Berührungsängste

Zu dieser Zeit trug der junge Churchill noch einen Schnurrbart. Bei einer Tischgesellschaft sprach ihn die Schriftstellerin Gertrude Atherton an, die nicht verhehlte, daß ihr weder der Politiker noch der Mensch Churchill sympathisch war. Freimütig bekannte sie: »Wissen Sie, mein lieber Winston, es gibt zwei Dinge an Ihnen, die ich nicht mag: Ihre Politik und Ihren Bart.«

Ungerührt antwortete Churchill: »Da kann ich Sie beruhigen, Madame, denn Sie dürften mit beiden kaum jemals in Berührung kommen.«

Notiz auf die Akten eines hohen Beamten

»Bitte erinnern Sie sich, daß das britische Volk nicht länger imstande ist, eine so üppige Unklarheit zu dulden.«

Aller guten Dinge sind drei

Für sein politisches Weiterkommen benötigte Churchill den Konventionen entsprechend eine Ehefrau. Sein erster Heiratsantrag wurde abgelehnt – die amerikanische Schauspielerin Ethel Barrymore fühlte sich dem anstrengenden Leben eines Politikers nicht gewachsen; ein zweiter Antrag an eine Erbin aus wohlhabendem Hause wurde abgewiesen, weil diese nicht an seine politische Zukunft glaubte. Im September 1908 heiratete Churchill, mittlerweile zum Handelsminister und Kabinettsmitglied avanciert, die elf Jahre jüngere, aus einer schottisch-irischen Aristokratenfamilie stammende Clementine Hozier. Churchill gab seiner Ehefrau den Kosenamen »Cat«, währen sie ihn »Pug« (Mops) oder »Pig« (Schweinchen) nannte. »Cat« blieb ihr Leben lang mit »Pig« zusammen und überlebte ihren Gatten um zwölf Jahre. Der hatte sein Wahl nie bereut: »In Blenheim habe ich zwei wichtige Entscheidungen getroffen: geboren zu werden und zu heiraten. Ich bin mit beiden Entscheidungen äußerst zufrieden.«

Spiegelbild

Als im Jahr 1909 die Tochter Diana geboren wurde, fragte ein Bekannter den glücklichen Vater: »Ist es ein hübsches Kind?«

Churchill entgegnete: »Das hübscheste von der Welt.«

»Ah, es gleicht der Mutter, vermute ich«, sagte der Bekannte.

»Nein, nein«, ewiderte Churchill ernsthaft, »die Kleine ist mein ganzes Ebenbild.«

An- und ausgeschlossen

Churchill war ein bevorzugtes Ziel für die Angriffe der Suffragetten. Aus seiner Ablehnung des Frauenwahlrechts, das in Großbritannien erst 1928 eingeführt wurde, machte er in jungen Jahren kein Hehl.

Als sich eine Gruppe von Frauenrechtlerinnen auf einem öffentlichen Platz an die Absperrketten anschloß und dort ausharren wollte, bis Frauen das Stimmrecht bekämen, meinte Churchill trocken: »Ebensogut könnte sich ein Mann an das Geländer des Saint Thomas Krankenhauses anketten und dort ausharren, bis er ein Kind bekäme.«

Eine Frage des Preises

Als Innenminister mußte Churchill mit einer Abordnung irischer Rebellen verhandeln. Das Gespräch nahm einen scharfen Charakter an, und der Wortführer, Michael Collins, erklärte: »Sie haben mich Tag und Nacht gejagt, Ihre Regierung hat einen Preis auf meinen Kopf gesetzt.«

»Warten Sie einen Augenblick«, fiel Churchill ihm ins Wort, »Sie sind nicht der einzige.« Er erhob sich und nahm den gerahmten Steckbrief von der Wand, mit dem einst die Buren bei seiner Flucht aus Pretoria nach ihm gesucht hatten. »Jedenfalls ist es ein guter Preis – fünftausend Pfund. Und sehen Sie mich an! Fünfundzwanzig Pfund. Tot oder lebendig. Was hätten Sie dazu gesagt?«

Der Snob

Als Churchill in Wahlkampfzeiten mit seinem Sekretär die Armenviertel von Manchester besuchte, war er – auf seine Weise – erschüttert. »Stell dir vor«, sagte er, »wenn du in solcher Straße leben mußt! Nie siehst du etwas Schönes, nie ißt du etwas Besonderes – und nie sagst du etwas Cleveres!«

Immer höflich

Einmal wurde Churchill gefragt: »Welche Bedeutung geben Sie eigentlich den Konsultationen mit Ihren politischen Feinden und Gegnern?«

»Nun, man kann jederzeit einen Mann konsultieren und ihn fragen: ›Hätten Sie gern morgen den Kopf abgeschnitten?‹ Und wenn er dann sagt: ›Nein, lieber nicht!‹, schneidet man ihn eben ab.«

Hilfsbereit

Bei einem Empfang in London kam die Dame des Hauses aufgeregt auf ihn zu. »Mister Churchill, was soll ich nur machen, jener Gast dort ist beobachtet worden, wie er von einem unersetzbaren Service einen Silberteller eingesteckt hat.«

»Das haben wir gleich«, sagte Churchill, nahm seinerseits ein Tellerchen, ging zu dem Gast und flüsterte ihm zu: »Sehen Sie, ich habe auch so einen hübschen Teller genommen. Leider müssen wir sie zurückgegeben. Man hat es bemerkt.«

Ruhm

Ein Aristokrat wunderte sich darüber, daß Churchill, der zu der Zeit Innenminister war, Freundschaft mit einem jungen Maler pflegte.

Ohne lange zu überlegen, fragte Churchill: »Können Sie mir sagen, wer zu Zeiten Raffaels Innenminister in Rom war?«

»Woher soll ich das wissen?« gab der Gefragte gereizt zurück.

»So, aber wer Raffael war, das wissen Sie.«

Cui bono?

Ein Parteifreund Churchills, der ein sehr schlechter Redner war, hatte sich angeboten, während eines Wahlfeldzugs für Churchill zu sprechen.

Churchill antwortete in einem Brief: »Ich danke für Ihr großzügiges Angebot, aber wäre es nicht vielleicht zweckmäßiger, Sie würden als mein Gegenredner auftreten?«

Redezeit

Churchill war gebeten worden, eine kurze Festansprache zu halten, ungefähr zehn Minuten sollte er reden. Ein Herr aus dem Festkomitee meinte, das dürfe doch gewiß keine Schwierigkeiten bereiten.

»Nein«, sagte Churchill, »ich muß es nur etwa vierzehn Tage vorher wissen, damit ich mich darauf vorbereiten kann.«

»Vierzehn Tage?« wunderte sich der Mann. »Wie lange benötigen Sie denn dann für die Vorbereitung, wenn Sie eine Stunde sprechen sollten?«

»Drei Tage«, lautete zur Verwunderung des Fragers die Antwort.

»Und wenn Sie drei Stunden sprechen sollten?«

»Dann könnte ich sofort beginnen«, sagte Churchill lächelnd.

Höhere Sphären

Churchill hielt in seinem Wahlkreis eine Rede und war bemüht, die besten Argumente für seine eigene Kandidatur zu liefern. Ein Mann aus der Menge unterbrach ihn und rief: »Und wenn Sie der Erzengel Gabriel wären, meine Stimme bekommen Sie nicht!«

»Das hat nichts zu sagen«, konterte Churchill, »in diesem Fall gehörten Sie ja nicht zu meinem Wahlkreis!«

Giftig

Lady Nancy Astor war in Blenheim Palace zu Besuch. Bei einer Diskussion mit der couragierten Dame stritten sie und Churchill über Frauenrechte. Churchill hielt nicht viel davon. Die Diskussion wurde heftig, und Lady Astor rief aus: »Wäre ich mit Ihnen verheiratet, ich würde Gift in Ihren Kaffee tun.«

Churchill entgegnete trocken: »Und wenn Sie meine Frau wären, würde ich ihn trinken.«

Buhlereien

Mit dem 1903 begonnenen Bau der Bagdadbahn hatte Deutschland nicht nur ein lukratives Geschäft in die Wege geleitet, es gewann politischen und strategischen Vorteil und drohte den Einfluß der britischen Großmacht im Orient einzuschränken.

Als Churchill im Sommer 1910 die Türkei bereiste, unterbreitete er dem dortigen deutschen Botschafter Bieberstein den Vorschlag, England und Deutschland sollten die Bahn gemeinsam bauen.

»Wenn man sich gerade ein Bett gemacht hat«, sagte Bieberstein, »hat man keine Lust, wieder aufzustehen und es einem anderen anzubieten.«

Churchills schlagfertige Erwiderung: »Nun ja, es soll aber schon vorgekommen sein, daß zwei recht gern in einem Bett liegen«, änderte nichts am Lauf der Dinge.

Tatmensch

»Es ist besser, die Ereignisse herbeizuführen, als über sie in der Zeitung zu lesen.«

Im Dezember 1910 waren in London bei einem Überfall auf ein Juweliergeschäft drei Polizisten erschossen, drei weitere schwer verletzt worden. Churchill vermutete eine politische Aktion der Anarchisten hinter dieser Tat. Er ließ an Englands traditionell unbewaffnete Polizei Revolver ausgeben und eilte, als die Täter, von denen man nicht wußte, wie viele es waren, in einem Haus in der Sidney Street entdeckt wurden, höchstpersönlich an den Ort – in Gehrock mit Pelzkragen und mit seidenem Zylinder. Er entfaltete stürmische Aktivitäten und entwickelte einen gigantischen Schlachtplan. Als das Haus in Flammen aufging und die Feuerwehr herbeieilte, entschied er – dem als Innenminister sowohl Polizei als auch Feuerwehr unterstanden –, das Feuer dürfe nicht gelöscht werden. Im niedergebrannten Haus fand man schließlich zwei verkohlte Leichen.

Umfangreiches Bildmaterial von der »Schlacht in der Sidney Street« ging weltweit an die Presse und wurde auch in den Wochenschauen gezeigt, die damals bereits in den Londoner Kinos liefen. Die Zuschauer johlten über den eifrigen Minister, den »Napoleon von der Sidney Street«, der mit starkem Polizeiaufgebot und unter Einsatz von Artillerie *zwei* Verbrecher zur Strecke gebracht hatte.

König Georg V. ließ verlauten, es stehe einem Minister und Kabinettsmitglied nicht an, an einer Verbrecherjagd im Eastend persönlich teilzunehmen.

Erster Lord der Admiralität

Im Oktober 1911 wurde Churchill zum Marineminister ernannt.

33 Monate lagen zwischen seiner Ernennung und dem Ausbruch des Ersten Weltkrieges. Dem Neununddreißigjährigen unterstand die stärkste Kriegsflotte der Welt; er war Kabinettsmitglied, hatte Einfluß in Regierung und im Land, Freunde wie Feinde sahen in ihm schon den nächsten Premierminister.

Zehn Monate später mußte er die Admiralität und nach weiteren fünf Monaten das Kriegskabinett verlassen.

Im August 1914 war Churchill – wie die englische Regierung allgemein – der Meinung, man würde den Krieg nur mit den Seestreitkräften führen, die deutsche Flotte vernichten, während die Allierten auf dem Kontinent siegen würden. Das alles innerhalb kürzester Zeit, »business as usual«, und entsprechend forsch trat Churchill auf und fällte seine militärischen Entscheidungen. Als er 1915 ohne Abstimmung mit dem Kabinett die mit Deutschland verbündete Türkei auf den Dardanellen angriff, mußte er eine Niederlage einstecken.

Die Zeitungen titelten: »Ein dilettantischer Admiral« und »Zuviel Churchill«. Die öffentliche Meinung wendete sich immer mehr gegen ihn.

Zugegeben ...

Als Churchill 1938 vom Tode Mustafa Kemal Atatürks erfuhr, sagte er: »Es gibt in jedem Jahrhundert einen großen Mann. Schade, daß es in diesem Jahrhundert ein Türke sein mußte.«

Churchill hat es nie verwunden, daß eben jener Türke es war, der der britischen Armee 1915 bei Gallipoli, obwohl letzthin unterlegen, die größte Niederlage des ersten Weltkriegs beibrachte. Schließlich verlor Churchill nach der Dardanellen-Offensive seine Stelle als Erster Lord der Admiralität.

Liebe Neger

Als Churchill mitgeteilt wurde, daß eine Telefonleitung zwischen England und Afrika in Betrieb genommen werden könne, fragte er gutgelaunt: »Und nun – was erzählen wir den Afrikanern?«

1916 wurde eine Koalitionsregierung gebildet, Lloyd George ihr Premierminister. Churchill war sich sicher, erneut einen Ministerposten zu bekommen. Als der Tory Lord Beaverbrook ihm bei einem Abendessen anvertraute, die neue Regierung werde Churchill sehr gewogen sein, da ihr all seine Freunde angehörten – was hieß, Churchill gehörte ihr nicht an –, nahm der Hut und Mantel und verließ die Freunde.

Er hatte es Lloyd George zu verdanken, daß er im Juli 1917 Munitionsminister wurde. Allerdings kam er nicht ins Kabinett. Sein Kommentar: »Nachdem mir nicht gestattet worden war, die Pläne zu entwerfen, vertraute man mir die Aufgabe an, die Waffen zu schmieden.«

Ruhe bewahren

1918, inzwischen vom Munitionsminister zum Rüstungsminister aufgestiegen, nahm Churchill an einem Empfang teil, der ihm eine politisch interessierte Tischdame bescherte, die wortreich ihre Meinung zur Lage im allgemeinen und zum Kriegsverlauf im besonderen mitteilte. Schließlich zupfte Sie ihn am Ärmel, schraubte ihre Stimme in die Höhe und rief exaltiert: »Und die Geschehnisse im Osten! Das Problem muß sich doch lösen lassen! Worauf wartet die Regierung eigentlich? Worauf warten Sie, Mister Churchill?!«

»Im Augenblick warte ich darauf, daß mir die Kartoffeln gereicht werden.«

Der große Hasser Sowjetrußlands

Als im November 1918 der Waffenstillstand mit Deutschland unterzeichnet wurde, sinnierte Churchill, er habe keinesweg den Eindruck, daß die Arbeit erledigt sei. »... andere Feinde blieben im Feld, forderten die Autorität der Sieger heraus und verhinderten eine gerechte Regelung der Weltgeschäfte.« Es ist die »bolschewistische Tyrannei«, gegen die Churchill von nun an zu Felde ziehen wird, um die »gerechte Regelung der Weltgeschäfte« im Interesse des British Empire zu verteidigen.

Wahlschlappe

1922 löste sich die Koalitionsregierung auf. Neue Wahlen standen an; Churchill ließ sich im vermeintlich sicheren Wahlkreis Dundee aufstellen. Seine Gegner machten seine Fehler während des Krieges zum Thema, zudem verhinderte Krankheit Churchills vollen Einsatz im Wahlkampf. Er wurde nicht gewählt – zum ersten Mal seit 1900 gehörte er nicht mehr dem Parlament an.

Er resümierte: »Ich war zu Tode erschöpft, ich fand mich ohne Amt, ohne Sitz im Parlament und ohne Blinddarm. Ich hatte nur noch meine Frau.«

Refugium

Die Ärzte verordneten Erholung. Er ging mit Clementine nach Südfrankreich, wo er sich seiner liebsten Beschäftigung widmete – dem Malen. Er liebte die leuchtenden, heiteren Farben der südlichen Gefilde.

Gefragt, warum er immer Landschaften male und keine Porträts, antwortete Churchill: »Weil kein Baum, kein Felsen, kein Fluß sich je über zu viel oder zu wenig Ähnlichkeit beklagt hat.«

Einsicht

Einmal begutachtete ein Kritiker Churchills Bilder und hatte einiges an ihnen auszusetzen.

»Sie haben recht, mein Herr«, räumte Churchill ein, »meine Wahrheit ist falsch, und Ihr falsches Urteil ist wahr.«

Ein Lebenstraum

»Wenn ich in den Himmel komme, gedenke ich, einen erheblichen Teil meiner ersten Million Jahre mit Malen zu verbringen.«

Tierlieb

Wenn Winston Churchill in seiner Freizeit nicht schrieb oder malte, arbeitete er im Garten seines Landsitzes in Chartwell, den er 1923 erworben hatte, oder beschäftigte sich mit der Aufzucht von Federvieh. Als einmal eine gebratene Gans serviert wurde, griff er zum Tranchierbesteck, zögerte dann aber und sagte zu seiner Frau: »Tranchiere du sie, Clementine. Sie war eine Freundin von mir.«

Schuldfrage

Der stets aktive Churchill konnte sich schwer von seiner jeweiligen Arbeit lösen, ein Problem, das auch seiner Frau vertraut war. Stand beispielsweise eine Reise mit dem Zug an, galt die Verabredung, daß sie ihn nicht nur rechtzeitig, sondern mehrfach zum Aufbruch mahnte.

Als sie einmal auf dem Euston-Bahnhof gerade in dem Augenblick ankamen, als der letzte Wagen des Zuges am Bahnsteig vorbeirollte, sagte Churchill zu seiner Frau unwirsch: »Wieso fährt der Zug schon?«

»Du bist wieder einmal zu spät gekommen«, erwiderte sie.

»Aber Clementine«, protestierte er, »du hast mich doch *nur zweimal* gerufen.«

Fair

Es war bekannt, daß Churchill in letzter Minute erschien, wenn er einen Zug oder ein Flugzeug erreichen mußte – und manchmal kam er auch zu spät. Warum das so sei, wollte ein Bekannter wissen.

»Ach«, meinte Churchill, »ich bin Sportsmann, ich gebe ihnen stets eine echte Chance, wegzukommen.«

Die Liberalen hatten mit arbeiterfeindlicher und antisowjetischer Politik ihre Popularität untergraben, eine weitere Karriere in ihren Reihen schien aussichtslos. Aber mit fliegenden Fahnen erneut das Lager zu wechseln, war heikel angesichts der öffentlichen Meinung und der Abneigung vieler Konservativer gegenüber Churchill. Im geschickten Lavieren mit Sachthemen, mit einigen Wahltricks und der zweifellos zutreffenden Legende, er sei »im Herzen immer Konservativer geblieben« kehrte er 1924 zu den Tories zurück.

Vom Unterhausmitglied Philippp Snowden angegriffen, er habe seine politischen Ansichten erneut geändert, entgegnete Churchill: »An solcher Änderung ist nichts schlimm, wenn sie auf richtigen Erkenntnissen beruht.«

»Nun, auf diesem Gebiet sind Sie ja eine Autorität«, höhnte Snowden und schwamm damit auf der Welle der Antipathien, die Churchills erneuter Wechsel des politischen Lagers losgetreten hatte.

Gelassen erklärte Churchill: »Die Voraussetzung des Besserwerdens ist bekanntlich, daß man sich ändert. Um Vollkommenheit zu erreichen, mein Herr, muß man sich öfter ändern.«

Gegnerschaft

James Ramsey McDonald bildete im Januar 1924 die erste Labour-Regierung – die allerdings nur bis zum Ende des Jahres hielt. Das neue Kabinett sah sich scharfen Attacken im Parlament ausgesetzt, an denen sich auch Churchill beteiligte. »Als Kind wollte ich im Raritätenkabinett des Zirkus Barnum einen Schlangenmenschen sehen, der als ›Mann ohne Rückgrat‹, als ›knochenloses Wunder‹ angekündigt wurde. Leider meinten meine Eltern, daß dieses entnervende Wesen zuviel für meine jugendlichen Augen sei.« Auf McDonald deutend, fuhr er mit erhobener Stimme fort: »Jetzt, fünfzig Jahre danach, sehe ich auf der Regierungsbank, was man mir als Kind vorenthielt: den Mann ohne Rückgrat, das knochenlose Wunder.«

Empfehlung

Als ein Labourabgeordneter im Unterhaus eine Rede hielt und die Bemerkung fallenließ, er wolle einen Besen fressen, wenn seine Partei bis zum Jahresende in diversen Nachwahlen keinen Erfolg haben würde, versetzte Churchill: »Ich halte dieses unappetitliche Gottesurteil vor Weihnachten für unangebracht – es gibt jetzt Besseres zu essen.«

Eine Frage der Würde

Voller Ungeduld wartete Churchill auf das Ende der Rede eines Labourabgeordneten. In Gedanken hatte er sich schon eine geharnischte Erwiderung zurechtgelegt, als ein Kollege ihm zuflüsterte: »Antworten Sie ihm doch einfach nicht! Bewahren Sie Ihre Würde!«

Churchill, sich für seinen Auftritt erhebend, flüsterte dem Ratgeber zu: »Ich kenne keinen Fall, wo ein Mann seine Würde bewahrt hätte, indem er darauf sitzen blieb!«

Mit kleiner Münze

Im Foyer des Parlaments stieß Churchill auf Emanuel Shinwell, Minister in der Labour-Regierung und einer seiner ärgsten Widersacher. Shinwell kramte in seinen Taschen herum, und als Churchill ihn fragte, was er suche, meinte er: »Können Sie mir zwei Pence leihen? Ich möchte einen Freund anrufen.«

Churchill fischte 4 Pence aus seiner Tasche und sagte: »Hier, nehmen Sie und rufen Sie alle Ihre Freunde an!«

Unterhausgeplänkel

Churchills Attacken im Unterhaus wurden bald legendär. Einmal richtete er an einen politischen Gegner die Worte: »Der ehrenwerte Abgeordnete läßt sich am besten als einer jener Redner beschreibenn, die, ehe sie sich erheben, nicht wissen, was sie sagen werden. Wenn sie dann trotzdem reden, wissen sie nicht, was sie sagen, und wenn sie sich wieder hingesetzt haben, wissen sie nicht, was sie gesagt haben.«

Wie du mir, so ich dir

Eines Abends stieß der schon angetrunkene Churchill im Parlamentsgebäude im wahrsten Sinne des Wortes auf die resolute Bessie Braddock, Liverpooler Abgeordnete der Labour Partei. Die verärgerte Bessie sortierte ihre Sachen und schimpfte mit Churchill. »Winston, Sie sind besoffen, schlimmer noch, Sie sind ekelhaft besoffen!«

Churchill sah sie gelassen an und antwortete: »Ich möchte sagen, Mrs. Braddock, ich bin besoffen, und Sie sind häßlich, schlimmer, Sie sind ekelhaft häßlich. Aber morgen – werde ich wieder nüchtern sein.«

Kopflos

Während einer Unterhaussitzung, die Churchill leitete, warf ein Labourmitglied demonstrativ einen Kohlkopf zwischen die Bänke der Regierungspartei. Churchill hob den Kohlkopf auf, betrachtete ihn ebenso demonstrativ und erklärte: »Meine Herren, mit Bedauern muß ich feststellen, daß eines der geehrten Mitglieder unserer Gegenpartei soeben seinen Kopf verloren haben muß.«

Maßstäbe

Nach einer heftigen Debatte verließen die Herren Abgeordneten das Haus, als ein Kollege Churchill hinterhereilte und ihm zurief: »Ich habe aus Versehen Ihren Hut erwischt; er paßt mir wie angegossen. Unsere Köpfe müssen gleich groß sein.«

»Von außen, mein Lieber, von außen«, knurrte der Angesprochene und eilte davon.

Erkenntnis

»Die größte Lehre im Leben ist es, daß manchmal Esel recht haben.«

Motto

»Es hat keinen Sinn zu tun, was man liebt, man muß das lieben, was man tut.«

Männerwitze

Einmal traf Churchill den dickleibigen Richard Burdon Haldane, zur Zeit des Ersten Weltkrieges Kriegsminister und nun Lordkanzler, tippte ihm übermütig auf den Bauch und fragte, wie er denn das Baby zu nennen gedenke.

Haldane antwortete: »Wenn es ein Junge wird, nenne ich ihn Georg, nach dem König. Ein Mädchen würde ich Mary nennen. Wenn es aber, wie ich vermute, nur Wind ist, nenne ich es Winston.«

Cheers

Als Churchill im April 1925 als Finanzminister der konservativen Regierung sein erstes Budget vorlegte, war darin unter anderem eine Erhöhung der Alkoholsteuer vorgesehen.

Mitten in der Rede griff er zu einer vor ihm stehenden Whiskyflasche, schenkte sich ein, nahm einen kräftigen Schluck und fuhr fort: »Es ist notwendig, daß ich das Steuereinkommen hebe, und ich werde nun mit Erlaubnis der ehrenwerten Abgeordneten fortfahren, meinen eigenen Beitrag dazu zu leisten.«

Streik

Churchills Finanzpolitik führte zu steigender Arbeitslosigkeit. Die Unzufriedenheit der Arbeiterschaft gipfelte im Generalstreik von 1926. Zwar kam es dann doch nicht dazu, aber Churchill war bereit, den Generalstreik gewaltsam zu beenden: »Entweder das Land bricht den Generalstreik, oder der Generalstreik zerbricht das Land.«

Get cool

Während einer Rede Churchills im Parlament erregten seine Ausführungen ein Mitglied des Hauses dermaßen, daß der Mann aufsprang und protestieren wollte. Doch war er so in Rage, daß er nur unverständliches Zeug stammelte.

Churchill bemerkte dazu: »Mein sehr ehrenwerter Freund sollte nicht mehr Entrüstung entwickeln, als seinem Fassungsvermögen entspricht.«

Der Maurer

Churchill liebte es, die Wochenenden in Chartwell, eine Autostunde von London entfernt, zu verbringen. Hier baute er mit eigenen Händen ein großes Wasserbecken für Goldfische und nahm schließlich die Errichtung eines Hauses in Angriff, wozu er bei einem Maurermeister das Handwerk erlernte. 1928 trat er mit einem Aufnahmebeitrag von fünf Shilling in die Bauarbeitergewerkschaft ein. Empörte Gewerkschaftsmitglieder richteten eine Resolution an die Gewerkschaftsleitung, in der es hieß, daß es sich »für Winston um einen guten Witz, für die Mitglieder der Gewerkschaft aber um eine peinliche Beleidigung handele«. Die Gewerkschaft nahm Churchills fünf Shillinge nicht an; ein Gewerkschaftsbuch allerdings hatte er bereits erhalten und pflegte es den Besuchern seines Landhauses zu präsentieren.

Schlecht erzogen?

Tochter Sarah war eine begabte Schauspielerin, trat aber, was den Alkoholkonsum betraf, in die Fußstapfen des Vaters. Mehrfach war sie alkoholisiert in ihrem Auto von der Polizei gestoppt worden. Als Churchill eines Tages in der Zeitung lesen mußte, daß seine Tochter wegen Trunkenheit am Steuer verurteilt worden war, tobte er: »Das kommt davon, daß sie sich nicht, wie jeder anständige Mensch, zu Hause betrinkt!«

Nüchtern betrachtet

Churchill, bekannt für seine Vorliebe für alkoholische Getränke und feine Zigarren, traf Lady Astor, eine engagierte Kämpferin gegen jede Droge. Er wollte ihren Rat zum unverfänglichen Thema eines demnächst stattfindenden Maskenballs einholen und fragte, welches Kostüm er tragen sollte.

»Tja«, antwortete Lady Astor, »warum kommen Sie denn nicht einfach nüchtern?«

Benachteiligt

Lady Nancy Astor war die erste Frau, die 1919 ins britische Parlament einzog. Sie galt als Schönheit. Das veranlaßte Churchill zu der Äußerung, er komme sich im Unterhaus vor »wie ein Mann, der arglos im Bade sitze, worauf plötzlich eine Frau hereinplatze, während er als einzige Verteidigungswaffe einen Schwamm in der Hand habe«.

Babyface

Als Churchill bei der Einweihung einer sozialen Einrichtung anwesend war, trat eine junge Frau auf ihn zu, hielt ihm ihr Baby entgegen und sagte: »Sir, sieht es nicht aus wie Sie?«

»Gute Frau«, entgegnete Churchill lächelnd, »*alle* Babies sehen aus wie ich!«

Keine Illusionen

Churchill war alles andere als ein schöner Mann, und doch war er bei jeder Gelegenheit von zahlreichen Verehrerinnen umgeben.

In einer Gesellschaft hauchte ihm eine der Damen zu: »Sind Sie nicht schrecklich aufgeregt, wenn bei Ihren Reden der Saal immer überfüllt ist?«

»Nun, das ist natürlich sehr schmeichelhaft für mich«, sagte Churchill, »aber dann überlege ich mir, daß bestimmt dreimal soviel Leute gekommen wären, wenn ich statt ans Rednerpult zum Galgen schritte.«

Warnung

»Ein kluger Mann macht nicht alle Fehler selbst. Er gibt auch anderen eine Chance.«

Auf den Hund gekommen

In einer Parlamentsrede sprach sich Churchill gegen den Vorschlag Lloyd Georges aus, der die Arbeitslosigkeit durch Staatsaufträge überwinden wollte.

»Die Art und Weise, wie das Geld angelegt werden soll, ist im einzelnen nicht durchdacht. Aber man versichert uns, daß es nur darauf ankomme, die nötigen Hilfsmittel freizusetzen.

Dieses aber scheint mir das Denken eines Mannes zu sein, der frühmorgens einen Hundeknochen kauft und dann während des ganzen Tages einen Hund sucht, den er damit beglücken kann.«

Wie man es halten sollte ...

»Ich vermeide es immer, Voraussagen zu machen, denn es ist eine viel bessere Politik, etwas zu prophezeien, nachdem das Ereignis bereits eingetreten ist.«

Immer ein offenes Ohr

»Ich bin dankbar für gute Ratschläge, aber man darf nicht verlangen, daß ich sie auch befolge.«

Der Rückzug

Bei den Parlamentswahlen 1929 mußte die Konservative Partei nicht nur schwere Einbrüche hinnehmen, Churchill insbesondere erfuhr, daß die Stimmung sich gegen ihn richtete. »... er ist doch immer nur einer Partei treugeblieben, an die er wirklich glaubt – an die Partei, die sich unter dem Hut von Winston Churchill sammelt«, schrieb eine Zeitung. Indien, wo nach Churchills Auffassung dem »halbnackten Fakir« Gandhi Einhalt geboten werden mußte, wurde zum Zankapfel in der eigenen Partei. Andere Mitglieder hatten längst begriffen, daß an der alten Kolonialpolitik nicht festzuhalten war. Churchill, uneinsichtig, überwarf sich mit dem Premier und übte bis 1939 kein politisches Amt mehr aus.

Landleben

In den Jahren des »inneren Exils«, er nannte sie »Wilderness Years«, wurde sein Landsitz Chartwell in Kent sein bevorzugter Aufenthaltsort. Malen war sein Hobby, Schreiben sein Business. Hier entstanden die großangelegte Biographie seines Ahnherrn Marlborough, die vierbändige Geschichte der englischsprachigen Völker, die er bis spät in die Nacht seinem Sekretär diktierte, und zahllose Artikel. Churchill war in den 1930er Jahren der bestbezahlte Schriftsteller und Kolumnist der Welt.

Gewußt wie

»Ich schreibe ein Buch in der Weise, wie die Canadian Pacific Railway gebaut wurde. Zuerst lege ich die Schienen von Küste zu Küste, dann setze ich die Stationen ein.«

Prophezeiung

Als Lady Astor die Sowjetunion besuchte, traf sie mit Stalin zusammen. Der fragte nach Ihrer Meinung über Churchills politische Macht in England und in der Welt. Lady Astor sagte mit Triumph in der Stimme, daß sich da alle einig seien. Mehr und mehr isoliert im eigenen Land, von der eigenen Partei kaum noch ernst genommen, sei Churchills Zeit einfach vorbei!

Stalin war sich da nicht so sicher: »Wenn der Krieg kommt, werdet ihr noch einmal das alte Schlachtroß hervorholen«, schätzte er ein. Das war 1931.

So oder so?

In einem Gespräch ließ ein Philosoph verlauten: »Leider ist die Weltgeschichte nicht dazu angetan, die guten Absichten der Politiker zu ermutigen.«

»Glücklicherweise ist sie jedoch dazu angetan, ihre bösen Absichten zu *ent*mutigen«, entgegnete Churchill.

Glück im Unglück

Im Dezember 1931 ging Churchill auf Vortragsreise nach Amerika.

Als er auf dem Weg zu einer Verabredung in New York eine Straße überqueren wollte, vergewisserte er sich, ganz wie es sich gehört, daß kein Auto nahte. Nur vergaß er, daß in New York im Gegensatz zu London Rechtsverkehr herrscht. Quietschende Bremsen, ein Stoß, und schon fand er sich auf dem Asphalt wieder. 15 Knochenbrüche registrierte der Arzt im Lennox-Hill-Hospital.

Daß bei ihm allein die Schuld für den Unfall lag, räumte er ohne weiteres ein und bemühte sich, der Gegenseite, einem Taxifahrer italienischer Herkunft, jede Unannehmlichkeit zu ersparen.

Einige Zeitungen berichteten von dem Unfall. Als Churchill wieder dazu in der Lage war, diktierte er selbst einen Artikel unter dem Titel »Meine unangenehmen Erlebnisse in New York« und verkaufte ihn einer Zeitschrift. In der Folge wurde er in fast jeder amerikanischen Zeitung nachgedruckt und brachte ihm zweieinhalbtausend Dollar Honorar ein – und war die beste Reklame für die bevorstehende Vortragsreise.

Einladung

Joachim von Ribbentrop, der Schwiegersohn des Sektfabrikanten Henkell, Schmied des Antikomintern-Paktes und spätere Außenminister des Deutschen Reiches, fungierte von 1936 bis 1938 als »Außerordentlicher und Bevollmächtigter Botschafter des Deutschen Reiches« in London. Anläßlich eines offiziellen Mittagessens mit dem Botschafter wurde Churchill von den Kabinettsmitgliedern dazugebeten.

Sein Kommentar: »Ich nehme an, sie wollen ihm durch mich zeigen, daß sie – wenn sie selbst schon nicht bellen können – doch zumindest einen Hund haben, der bellen kann und vielleicht sogar beißen könnte.«

Heuschrecken

»Die Regierung ist zur Unentschiedenheit entschlossen, stahlhart im Dahintreiben, fest in der Formlosigkeit, allmächtig in der Ohnmacht. So fahren wir fort, weitere Monate und Jahre – vielleicht entscheidende Jahre für Englands Größe – uns von den Heuschrecken fressen zu lassen.«

Wahrscheinlich wäre Churchills Karriere tatsächlich endgültig zu Ende gewesen, wenn er nicht die Gefahren erkannt hätte, die vom Machtantritt der Nazis und dem wiedererstehenden deutschen Militarismus ausgingen. Er stellte sich gegen die sogenannte Appeasement-Politik, mit der die Regierung Beschwichtigung gegenüber Hitler-Deutschland übte, sprach sich gegen britische Abrüstungspläne aus, sammelte intensiv Informationen und betonte, welche große Gefahr insbesondere durch einen deutschen Luftkrieg drohe.

Im April 1938 schrieb er: »Wir sind noch nie von besonderen Schwierigkeiten bedroht wurden, weil wir ein- oder zweitausend Flugzeuge zusätzlich zur Verfügung hatten.

Wie sagt der Mann, dessen Schwiegermutter in Brasilien verstorben war, als man ihn fragte, was mit den sterblichen Überresten geschehen solle? ›Einbalsamieren, verbrennen und begraben. Nur kein Risiko!‹«

Warnende Stimme

Seit der Annexion Österreichs und des Sudetenlandes 1938 sowie der Besetzung der »Rest-Tschechei« durch das Deutsche Reich 1939 fand Churchill wieder zunehmend Gehör. Der Ausbruch des Zweiten Weltkrieges brachte den langjährigen Warner vor der Aggressivität der Nazis zurück in die Politik. Er hatte Premierminister Neville Chamberlain, den maßgeblichen Verfechter der Appeasement-Politik, unermüdlich gemahnt.

»Das Äußerste, was der Premierminister durch all seine ungeheuren Anstrengungen für die Tschechoslowakei herausschlagen konnte, ist, daß der deutsche Dikatator, anstatt die Speisen vom Tisch zu rauben, sich damit zufrieden gibt, sie sich nun Gang für Gang servieren zu lassen.«

Im August 1939 war nach seiner Einschätzung der »Höhepunkt der diplomatischen Mißerfolge, welche die britische und französische Außenpolitik seit mehreren Jahren zu verzeichnen hatte« erreicht. Churchill sah seine große Stunde gekommen.

Am 26. August 1939 reiste Churchill von Frankreich, wo er mit seiner Frau einen Urlaub verbrachte, nach England zurück. Da er wußte, daß Hitler ihn für einen gefährlichen Feind hielt, befürchtete er, ein Agent könnte einen Anschlag auf sein Leben verüben. Er wandte sich an einen ehemaligen Inspektor von Scotland Yard, der ihn schon einmal beschützt hatte. Der erschien, ausgerüstet mit einem Revolver, und Churchill selber legte sich auch einen bereit. Seine Vorsichtsmaßnahme erklärte er: »Zu dieser Stunde schon wußte ich, daß mir, wenn es Krieg gab – und wer konnte noch daran zweifeln? – eine schwere Last zufallen werde.«

Am 1. September, dem Tag des Überfalls Hitler-Deutschlands auf Polen, erhielt Churchill eine Einladung von Neville Chamberlain in die Downing Street 10.

Er wurde Kabinettsmitglied und Marineminister der Regierung Chamberlain, die sich zwar seit dem 3. September 1939 offiziell mit Deutschland im Kriegszustand befand, jedoch passiv verhielt. Das ermunterte Hitler, seine »Friedensvorschläge« an England zu unterbreiten. Er halte einen Friedensschluß für möglich, wenn in der britischen Regierung nicht »die Ansichten Herrn Churchills und seiner Anhänger die Oberhand« gewännen.

Churchill vermied jede Kritik an Chamberlain, entfaltete aber zugleich in der Admiralität eine rege Tätigkeit. Als Deutschland die Offensive an der Westfront eröffnete, begab sich Chamberlain in den Buckinghampalast und überreichte das Rücktrittsgesuch seiner Regierung. Am Abend des 10. Mai 1940 betraute der König Churchill mit der Regierungsbildung. Churchill wurde Premierminister und übernahm auch das Verteidigungsministerium.

In seinen Memoiren schrieb er in wohlgesetzten Worten: »Endlich verfügte ich über die Autorität, in jeder Richtung maßgebende Weisungen zu erteilen. Mir war zumute, als ob das Schicksal selber mir den Weg wiese, als wäre mein ganzes bisheriges Leben nur eine Vorbereitung auf diesen Augenblick gewesen.«

Gesinnungswandel

Churchill sollte eines Abends eine Rundfunkansprache halten und ließ sich mit dem Taxi zum BBC fahren. Er bat den Fahrer, vor dem Rundfunkgebäude eine halbe Stunde zu warten. Der Mann hatte den Premier in der Dunkelheit nicht erkannt und sagte: »Tut mir leid, das geht nicht, ich will schnell nach Hause, um Churchill im Radio zu hören.«

»Sie sind ein gute Patriot«, sagte Churchill und drückte dem Mann eine Pfundnote in die Hand.

»Vielen Dank, Sir«, sagte der Fahrer, »bei einem solchen Trinkgeld warte ich natürlich auf Sie. Soll Churchill doch zum Teufel gehen!«

Abstimmung

Einmal hatte Churchill spätabends eine Sitzung des Verteidigungkomitees einberufen, um eine Frage zur Abstimmung vorzulegen. Das Ergebnis fiel jedoch nicht seinen Erwartungen entsprechend aus. Also faßte er knurrend zusammen: »Mit einem Wort, wir haben einstimmig den idiotischen Vorschlag des Versorgungsministers angenommen.«

Der falsche Platz

Der Premier hatte beschlossen, während des Krieges nicht in der Downing Street 10 zu schlafen, einem naheliegenden Ziel für deutsche Bomber, sondern in den Bunker eines der Regierungsgebäude zu ziehen. Doch wenn die Geschütze aufblitzten und die Bomben krachten, stieg er aufs Dach und beobachtete das Geschehen.

Bei einer solchen Gelegenheit trat einmal ein Luftschutzwart an ihn heran und sagte: »Entschuldigen Sie, Sir, ich würde Sie bitten, sich woanders hinzusetzen!«

»Warum?« fragte Churchill verwundert.

»Sie sitzen auf dem Rauchabzug. Das ganze Haus ist schon voller Qualm.«

Saubere Politiker

Als der Energieminister einen Antrag im Parlament einbrachte, demzufolge der englischen Bevölkerung wegen des Mangels an Brennstoffen das Baden reglementiert werden sollte, sagte Churchill: »Wenn Minister so etwas anordnen, brauchen sich der Premier und seine Mitarbeiter nicht zu wundern, wenn sie in immer schlechteren Geruch kommen.«

So nicht!

Um ihren Mann daran zu hindern, in die nächtlichen Bombardierungen hinauszugehen, ließ Clementine durch einen Diener seine Schuhe verstecken. Das forderte Churchills entschiedenen Protest heraus: »Als ich noch ein Knabe war, konnte mich kein Kindermädchen daran hindern, im Park spazierenzugehen. Jetzt, da ich ein Mann bin, wird es Adolf Hitler erst recht nicht fertigbringen.«

Viel Lärm

Churchill wies an, daß das Läuten der Kirchenglocken künftig nicht mehr ausschließlich dem Alarm im Falle einer Invasion vorbehalten sein solle.

Als man fragte, welche Maßnahmen er statt dessen anordnen würde, erwiderte er: »Gar keine, denn ich denke, so etwas wie eine Invasion, das spricht sich schon herum.«

Der Mensch denkt, und Gott lenkt

Im Sommer 1940 unternahm die deutsche Luftwaffe eine Offensive gegen englische Städte. Churchill traf zu dieser Zeit mit dem Erzbischof von Canterbury zusammen und erfuhr, daß in der Krypta des Lambeth Palace nur ein behelfsmäßiger Schutzraum eingerichtet war. Er bangte um die Sicherheit des Kirchenmannes und bestand auf einem tieferen und sichereren Bunker. Doch fügte er hinzu: »Aber wenn Sie zufällig einen direkten Treffer erhalten, lieber Erzbischof, müßten wir das, fürchte ich, als göttliche Vorsehung betrachten.«

Die wichtigste Nachricht

1941 wurde bei einem deutschen Luftangriff der »Dunhill tobacco shop« in der Drake Street, aus dem Churchill seine Havannas bezog, zerstört. Das erste, was der Ladeninhaber unternahm, nachdem er den Schaden in Augenschein genommen hatte: Er eilte ans Telefon und rief den Premier an: »Ihre Zigarren sind gerettet, Sir!«

Unsere Bulldogge

Schon bald nach Kriegseintritt begann die britische Presse Churchill als Nationalhelden und militärisches Genie zu feiern. In der *Sunday Times* war zu lesen: »Unsere Geheimwaffe ist Winston Churchill. In dieser unserer schwersten Stunde sind wir überglücklich, unter dem unvergleichlichen Kommando eines wahrhaft großen Führers kämpfen zu dürfen. In diesen Tagen ist Winston Churchill nicht nur die Verkörperung britischen Geistes, es ist unser bulldoggenhafter Führer, auf den die Briten wie die ganze Welt ihre tiefsten Hoffnungen setzen.«

Weniger euphorisch fällt die Einschätzung britischer Historiker aus: Churchill sei imstande gewesen, den führenden Militärs »originelle Ideen« zu unterbreiten, »oft aber auch gefährliche«.

Der amerikanische Präsident Roosevelt gestand ihm immerhin »glänzende Ideen« zu. »Jeden Tag fielen ihm hundert ein – und vier davon waren gut.«

Namen sind Schall und Rauch

Churchill war ein Freund schöner Worte, in Kriegszeiten übertragen hieß das, er entwickelte eine Leidenschaft für das Ausdenken von Code-Bezeichnungen und Schlüsselworten. Seine eigenen Briefe unterzeichnete er mit »Ehemaliger Mariner« (Former Naval Person).

Diagnose

In einer Rede im Unterhaus sagte der Premierminister: »In Kriegszeiten ist nichts gefährlicher, als sich fortwährend selbst zu beobachten, dauernd den eigenen Puls zu fühlen und Temperatur zu messen.

Es heißt zwar immer, Führer sollten das Ohr am Boden haben. Ich kann nur sagen, der britischen Nation dürfte es schwerfallen, zu Führern aufzuschauen, die in dieser wenig vorteilhaften Position angetroffen werden.«

Der Unterschied

Die Bildhauerin Clara Sheridan, eine Cousine Churchills, arbeitete während des Kriegs an einer Porträtbüste des Premiers. Sie kam dazu täglich früh in sein Schlafzimmer, während er die Zeitungen und Depeschen las und frühstückte. Als er eines Morgens einen Blick auf das halbfertige Werk warf, rief er: »Um Gottes willen, Clara, du machst mir ja ein Kinn wie Mussolini! Ich bitte dich, vergiß nicht, daß ich kein Diktator, sondern der ergebene Diener des Unterhauses bin ...«

Der Franzose

Für Churchill war der Brigadegeneral und Staatssekretär im französischen Kriegsministerium Charles de Gaulle ein durchaus schwieriger Partner. Einmal, nach einer anstrengenden Verhandlung, sagte Churchill: »Wir alle haben unser Kreuz zu tragen – meines ist das Lothringer Kreuz.«

Luftnummer

Churchill hielt auch während des Krieges an seinen Erholungs-Wochenenden auf dem Lande fest. Im Mai 1941 begab er sich zu einem solchen Urlaub nach Gut Ditchly, und weil er es liebte, Filme anzuschauen, hatte der Hausherr dafür gesorgt, daß sein Gast einen Streifen mit den Marx-Brothers sehen konnte. Mitten in der Vorführung und zum Mißvergnügen des Filmfreunds bat der Sekretär Churchill ans Telefon, ein Anruf von Lord Hamilton aus Schottland. Der teilte mit, Rudolf Heß sei mit einem Fallschirm gelandet.

Es begannen geheime Gespräche, über die heute insoweit Klarheit herrscht, als daß Heß den britischen Staatsmännern einen Friedensschluß zwischen Deutschland und Großbritannien vorschlug, um einen gemeinsamen Krieg gegen die UdSSR zu führen. Für Churchill in jeder Hinsicht unannehmbar, zumal seine eigene Absetzung und eine Regierung aus profaschistisch eingestellten Politikern Bedingung sein sollte. Die Zuverlässigkeit dieses Friedensangebots bezweifelte Churchill außerdem zu Recht.

»Heß ist die Made im Naziapfel«, befand er.

Erleichterung

Mitte Juni 1941 konnten es nach Churchills Meinung nur noch wenige Tage bis zum deutschen Angriff auf die Sowjetunion sein.

Zu seinem Wochenendurlaub in Chequers reiste der amerikanische Botschafter an und überbrachte die Mitteilung Roosevelts, der Präsident sei bereit, im Falle eines deutschen Angriffs auf Rußland jede Erklärung des Premierministers, in der dieser Rußland als Bundesgenossen begrüßte, unverzüglich öffentlich zu unterstützen.

Als Colville, der persönliche Sekretär des Premiers, ihn anschließend fragte, ob es denn für Churchill als ärgstem Feind des Kommunismus nicht bedeute, einen Grundsatz aufzugeben, wenn er die Sowjetunion im Krieg gegen Deutschland unterstütze, lautete die Antwort: »Durchaus nicht. Ich kenne nur ein Ziel, Hitlers Vernichtung, und deshalb wird von nun an, mit dem Eintritt der Russen in den Krieg, mein Leben sehr viel leichter sein. Wenn Hitler in die Hölle einmarschierte, würde ich im Unterhaus ja auch ein freundliches Wort für den Teufel finden.«

Verschlafen

Der Dienerschaft war ein für allemal eingebleut worden, daß der Premierminister nicht vor acht Uhr geweckt werden dürfe. Einzige Ausnahme sollte sein, wenn es zu einer deutschen Invasion auf der Insel käme.

Die Nachricht vom Überfall Deutschlands auf die Sowjetunion am 22. Juni 1941 traf um 4 Uhr morgens in England ein, Churchill erhielt sie aber erst vier Stunden später. Dabei war es doch, wie ein Historiker schrieb, »der erste Lichtstrahl für England in diesem Krieg«.

Bündnissse

Mit dem Vertrag vom 12. Juli 1941 kamen die britisch-sowjetischen Bündnisbeziehungen in Gang.

Im August 1941 traf sich Churchill mit Roosevelt, um die gemeinsame Linie für Großbritannien und Amerika unter den neuen Bedingungen festzulegen – die erste von vielen Beratungen des englischen Premiers mit dem amerikanischen Präsidenten. Churchill selber hat ausgerechnet, daß er auf Konferenzen, Besprechungen und Zusammenkünften während des Krieges insgesamt 120 Tage mit Roosevelt verbrachte.

Stilvoll

Nach dem Überfall Japans auf das amerikanische Pearl Harbour und den Angriff auf die Briten in Malaya stimmte das Parlament am 8. Dezember 1941 einmütig für die Kriegserklärung an Japan.

Als Churchill von einigen Abgeordneten kritisiert wurde, weil sein Schreiben an den japanischen Botschafter zu verbindlich gewesen sei, antwortete er: »Muß man jemanden umbringen, so schadet es jedenfalls nichts, wenn man es höflich tut.«

Ein gutes Geschäft

Meist war das Zimmer, in dem Churchill als Kriegsminister arbeitete, blau vom Zigarrenrauch. Er pflegte seine Zigarrenstummel ohne angestrengtes Zielen in den Feuereimer zu werfen und traf meist.

Die Wachsoldaten machten mit dem Verkauf der Stummel als Erinnerungsstücke eine Menge Geld.

Nackte Tatsachen

Unmittelbar nach dem Kriegseintritt Amerikas flog Churchill nach Washington, um sich mit Roosevelt zu treffen. Der Berater des amerikanischen Präsidenten, Harry Lloyd Hopkins, erzählte später über den Besuch, Roosevelt sei in das Schlafgemach Churchills gekommen, als dieser gerade splitternackt aus dem Badezimmer trat. Auf die Entschuldigung Roosevelts soll Churchill geantwortet haben: »Bleiben Sie nur, der Premierminister von Großbritannien hat vor dem amerikanischen Präsidenten nichts zu verbergen.«

Befragt, ob die Geschichte wahr sei, erklärte Churchill: »Unsinn! Ich hätte so was niemals sagen können, denn der Präsident hätte gewußt, daß es nicht der nackten Wahrheit entspricht.«

Bildhaft gesprochen

Als bei einer Beratung im Kriegsministerium einige Generale nachdrücklich auf Materiallieferungen bestanden, brummte Churchil: »Es ist immer dasselbe, zu viele Ferkel und nicht genug Zitzen an der Muttersau.«

Mißverständnis

Churchill erledigte wie gewöhnlich seine Aktendurchsicht vormittags im Bett. Am Fußende lag sein Lieblingskatze Smokey. Er telefonierte gerade mit dem Generalstabschef und bewegte dabei seine große Zehe, die zwischen den Bettüchern hervorlugte. Smokey sprang zu und krallte sich fest.

»Zum Kuckuck mit dir, du altes Vieh!« entfuhr es Churchill.

Der Generalstabschef hängte beleidigt ein.

Gratulation

Im Frühling 1942 gab erst Roosevelt, dann Churchill im Namen der jeweiligen Regierung die Zusicherung, die zweite Front in Europa zu eröffnen. Im Juli revidierten sie die Zusage, und Churchill übernahm es, Stalin die Nachricht zu überbringen. Er reiste nach Moskau und versicherte, Briten und Amerikaner würden 1943 in Westeuropa landen.

Die Verzögerungstaktik der Westmächte mit ihren verheerenden Folgen für die sowjetische Seite fand auch Anerkennung von höchster Stelle. In einem Schreiben an Churchill bedankte sich der König: »Sie hatten sich als Überbringer unerwünschter Nachrichten einer sehr unangenehmen Aufgabe zu unterziehen, und ich gratuliere Ihnen herzlich zu ihrer diplomatischen Gewandtheit, mit der sie sie ausgeführt haben ...«

Klare Worte

Auch in England wurden die Lebensmittel immer knapper, und der Ernährungsminister brachte einen Antrag im Parlament ein, in dem er die Errichtung von »Kommunalen Essens-Stationen« vorschlug.

»Das ist ein widerlicher Ausdruck, der an Kommunismus und Arbeitshaus erinnert«, sagte Churchill angeekelt. »Ich schlage vor, sie ›British Restaurants‹ zu nennen. Da denkt jeder an eine gute Mahlzeit. Lassen Sie den Leuten das Wort, wenn sie sonst schon nichts haben.«

Trinkgewohnheiten

Als sich Churchill und Roosevelt mit ihren Stäben im Januar 1943 zur Casablanca-Konferenz trafen, überraschte Lloyd Hopkins den englischen Premier, wie er sich zum Frühstück eine Flasche Rotwein genehmigte.

»Oh, Sir, Wein zum Frühstück?« rutschte die Frage dem amerikanischen Berater raus.

»Natürlich«, donnerte Churchill, »ich habe nämlich eine starke Abneigung gegen Büchsenmilch. Gegen Wein aber habe ich überhaupt keine Abneigung.«

Eine Frage, eine Antwort

Auf einer Pressekonferenz im Mai 1943 fragte ein Journalist: »Sir, wie werden Sie Italien behandeln, wenn es besiegt sein wird?«

Churchill erwiderte: »Wir werden den italienischen Esel auch weiterhin an beiden Enden operieren – vorne mir einer Karotte und hinten mit einem Knüppel.«

Belehrt

Nachdem General Montgomery unter Eisenhowers Kommando Sizilien erobert hatte, wurde er nach England zurückgerufen, zum Feldmarschall befördert und diente im Planungsstab für die Operation »Overlord«, die Invasion in der Normandie. Als Churchill erstmals mit ihm zusammentraf, bot er ihm eine Zigarre und einen Whisky an.

»Nein, danke«, sagte Montgomery, »ich rauche nicht und trinke auch keinen Alkohol. Ich fühle mich deshalb hundertprozentig fit.«

»Unsinn«, erwiderte Churchill, »ich rauche und ich trinke und fühle mich zweihundertprozentig fit.«

Hatte Churchill bis dahin alles getan, um die Eröffnung der zweiten Front hinauszuzögern, so war ihm nach Stalingrad und der Schlacht am Kursker Bogen klar, daß die Sowjets zügig nach Westen vorrückten und nun Eile geboten war, um Westeuropa mit eigenen Truppen zu besetzen. Aber nicht nur der sowjetische Part innerhalb der Antihitler-Koalition bereitete ihm Sorge, er sah die britischen Interessen durch die Stärke des amerikanischen Bündnispartners bedroht und registrierte mißmutig die Tatsache, daß es nach dem Krieg zwei Kolosse in Europa geben würde: Rußland und Nordamerika. »Hände weg vom British Empire – das ist unser Gebot!« formulierte er.

Die Amerikaner nahmen es gelassen hin. Nach seiner Begegnung mit Churchill in Casablanca machte Roosevelt in Gegenwart von Eisenhower den Scherz: »Ist es nicht wunderbar, daß wir auf unserer Seite diesen angenehmen alten Tory haben.«

Rückblende: um 1885, ein armer schottischer Bauer hört eines Tages, während er die Schafe hütet, einen Hilfeschrei aus einem nahegelegenen Moor. Er eilt dorthin, sieht einen Jungen bis zur Hüfte im schwarzen Schlamm, der sich verzweifelt zu befreien versucht. Der Bauer rettet ihn vor einem möglicherweise langsamen und schrecklichen Tod.

Am nächsten Tag nähert sich eine luxuriöse Kutsche dem Grundstück des Schotten. Ein Edelmann tritt heraus, stellt sich als Vater des geretteten Jungen vor und will den Bauern großzügig belohnen. Nein, wehrt der ab, ich tat, was zu tun mir der Herr gebot, dafür begehre ich keinen Lohn, und verweigert die Annahme jeglichen Geldes.

In diesem Moment tritt der Sohn des Bauern aus der Hütte, und der Edelmann, der wohl merkt, daß er den Bauern nicht umstimmen kann, schlägt vor: »Lassen Sie mich Ihrem Sohn eine gute Ausbildung geben.« Und so geschieht es.

Nach einiger Zeit legt der Bauernsohn die Prüfung an der medizinischen Schule des St. Mary's Spital in London ab und wird ein berühmter Arzt. Sein Name ist Alexander Fleming.

Zeitwechsel: 1943, der englische Premier reist nach Teheran. Er trifft sich mit Roosevelt und Stalin, um über den weiteren Kriegsverlauf und das Vorgehen nach dem Sieg über Nazi-Deutschland zu beraten. Doch eine lebensgefährliche Lungenentzündung fesselt Churchill ans Bett. Die Rettung ist ein neuentwickeltes Medikament, das aus London eingeflogen wird und die erhoffte Heilung bringt. Es handelt sich um Penicillin, dessen Entdecker Alexander Fleming ist.

Der Edelmann, der vor mehr als einem halben Jahrhundert dem Bauernjungen Fleming das Studium ermöglichte, war Lord Randolph Churchill, Vater von Winston Churchill.

Auch wenn diese Geschichte in unterschiedlichen Varianten kolportiert wird, ist die Unterstützung Flemings durch die Familie Churchill belegt.

Krankenpflege

Auf einer seiner politischen Missionen erkrankte Churchill erneut; seine Frau reiste aus England an und betreute ihn am Krankenbett. Präsident Roosevelt kabelte: »Herzliche Grüße an Clementine. Ich bin erleichtert, daß Ihr vorgesetzter Offizier bei Ihnen ist.«

Vorsicht

Am 30. Mai 1944 nahm Churchill das allwöchentliche Lunch beim König ein. Der erkundigte sich, wo sich der Premier am D-Day aufhalten werde. Selbstverständlich auf einem Kreuzer, lautete die Antwort. Und Majestät erklärte umgehend, da wolle er auch dabei sein.

Doch schon am nächsten Tag schrieb König Georg seinem Ministerpräsidenten, er habe sich anders besonnen, da der Verlust des Premiers oder ein Thronwechsel im Moment eine zu ernste Sache wäre.

Sinn für Tradition

Als die Alliierten in Rom einmarschiert waren, traf kurze Zeit später auch Churchill in der italienischen Hauptstadt ein. Bei einem Empfang für die Vertreter von neugegründeten Parteien fragte Churchill einen Mann: »Welche Partei vertreten Sie denn?«

»Wir sind christliche Kommunisten«, antwortete der.

»Nun«, sagte Churchill, »dann muß die Nähe der Katakomben für Ihre Partei ja sehr inspirierend sein.«

Tito

Churchill äußerte Symapthien für den Partisanenführer Tito und wußte, was dessen Sieg in Jugoslawien für den Kriegsverlauf bedeuten würde. Als ein Mitarbeiter fragte, ob Churchill es wirklich verantworten könne, Jugoslawien dann in eine kommunistische Diktatur verwandelt zu sehen, antwortete er: »Haben Sie etwa vor, dort zu leben?«

In die Schranken gewiesen

Churchill wurde von seinem Butler informiert, daß Charles de Gaulle ihn am Telefon sprechen wolle. Churchill, der gerade beim Essen saß, weigerte sich, den Anruf entgegenzunehmen. De Gaulle ließ nicht locker, und Churchill ließ sich überreden. Als er zu seinem Essen zurückkam, war seine Suppe kalt, aber Churchill selber kochte vor Wut: »Der verdammte de Gaulle. Er hatte die Frechheit, mich daran zu erinnern, daß die Franzosen in ihm eine Reinkarnation der heiligen Johanna sehen. Ich fand es notwendig, ihn daran zu erinnern, daß wir das Original verbrennen mußten.«

Sprachprobleme

Churchill sollte anläßlich der Befreiung von Paris im August 1944 eine Rede halten und ließ sich, obwohl er wußte, daß Fremdsprachen nicht seine starke Seite waren, dazu bewegen, es auf französisch zu tun. Er begann: »Ich werde in französischer Sprache zu Ihnen reden und bin mir bewußt, daß dieses Unterfangen Ihre Sympathie zu Großbritannien einer gewaltigen Belastung aussetzen wird.«

Schadensbegrenzung

Churchill, bereit, die Antihitler-Koalition in der letzten Phase des Krieges zu sprengen, aber klug genug, den offenen Bruch zu vermeiden, schrieb an Roosevelt am 5. April 1945: »... daß wir, sofern es die Umstände erlauben, in Berlin einmarschieren und die Begegnung mit den russischen Armeen so weit im Osten wie möglich vollziehen.«

Die militärische Lage ließ es nicht zu.

Die großen Drei

Auf Einladung des sowjetischen Staatschefs trafen sich im Februar 1945 Stalin, Roosevelt und Churchill im Seebad Jalta auf der Krim. Churchill selbst kolportierte folgende Episode: Er habe auf einem Zettel eine Aufteilung Europas in Einflußsphären für Großbritannien und Rußland skizziert und diesen Stalin zugeschoben. Der hätte einen Haken auf das Blatt gemacht und es Churchill zurückgegeben. »Das Ganze war erledigt in nicht mehr Zeit, als man zum Hinsetzen braucht ... Danach gab es ein langes Schweigen. Das beschriebene Blatt lag mitten auf dem Tisch. Schließlich sagte ich: ›Könnte es nicht für zynisch gehalten werden, wenn es so aussieht, als hätten wir über Angelegenheiten, die so schicksalhaft für Millionen Menschen sind, derart leichthin entschieden? Wir sollten das Papier verbrennen.‹

›Nein, behalten Sie es‹, sagte Stalin.«

Roosevelt und Churchill

Das Verhältnis zwischen Roosevelt und Churchill war keinesfalls ungetrübt. In Jalta habe Roosevelt, während der Premier redete, der amerikanischen Delegation eine Notiz zugehen lassen: »Wieder eine halbe Stunde Geschwätz!«

Tatsächlich warf er dem Briten vor, er sei »völlig sinnlos von Machtpolitik besessen, zu scharf antisowjetisch, zu kolonialistisch in seiner Haltung und zu wenig daran interessiert, eine grundlegend neue internationale Ordnung aufzubauen« – den Nachsatz nicht vergessen – »wie sie dem amerikanischem Idealismus immer vorschwebte«.

Sympathien für den Alten hatte der Präsident trotz alledem. Auf seinem Schreibtisch im Weißen Haus stand eine Holzplastik, die Churchill mit einer riesigen Zigarre im Mund darstellte. An die Figur war ein Zettel geheftet, auf dem in der Handschrift Roosevelts stand: »Nicht entfernen, bei Strafe von 250 Dollar.«

Nach Roosevelts Tod am 12. April 1945 wurde sie weggeräumt.

Die Russen kommen

Kurz vor Ende des Krieges telegrafierte Churchill an Montgomery, den Oberkommandierenden der britischen Truppen in Westeuropa, die deutschen Waffen sorgfältig zu sammeln, »daß sie den deutschen Soldaten wieder ausgehändigt werden können, mit denen wir zusammenwirken müßten, wenn die sowjetische Offensive noch weiter andauert.«

Richtung Berlin

Als Montgomerys Truppen die Deutschen vom westlichen Rheinufer vertrieben, wollte Churchill eroberten deutschen Boden betreten und stattete dem Feldmarschall und seinen Truppen einen Besuch ab. In einer Stellung bei Aachen nahm er ein Stück Kreide, schrieb auf eine Granate »Für Hitler persönlich« und feuerte unter Beifall das Geschütz in Richtung Berlin ab.

Orden für Frau Churchill

Im Frühjahr 1945 besuchte Clementine Churchill die Sowjetunion. Sie war von der Regierung in Anerkennung ihrer Leistungen als Vorsitzende des Komitees »Hilfsfonds für Rußland« eingeladen worden und erhielt den Rotbannerorden.

Im Namen ihres Mannes hielt sie am 9. Mai eine Rede im Moskauer Rundfunk zur bedingungslosen Kapitulation Hitler-Deutschlands. »Gemeinsam in treuer Kameradschaft und Freundschaft«, ließ Churchill ausrichten, wolle man »im Sonnenlicht eines siegreichen Friedens vorwärtsschreiten.«

Kurze Zeit darauf notierte er: »Im Frühjahr war die kommunistische Gefahr anstelle des Friedens getreten.«

Der Anstreicher

Winston Churchill war nach Berichten britischer Historiker fest entschlossen, Adolf Hitler auf einem elektrischen Stuhl aus den Vereinigten Staaten hinrichten zu lassen. Bei einem Treffen im Dezember 1942 sagte er, Hitler müsse »natürlich« getötet werden, sollte er den Briten in die Hände fallen. Zur Tötung empfahl Churchill »den elektrischen Stuhl für Gangster«, den er aus Amerika zu importieren gedachte.

Zweieinhalb Jahre später wurde in Churchills Kriegskabinett abermals über den Umgang mit Nazi-Führern nach dem Ende des Krieges diskutiert. Churchill stimmte seinem Innenminister Herbert Morrison zu, daß ein Prozeß gegen Hitler und dessen engste Mitarbeiter »eine Farce« werden könnte. Kurz darauf wurde Churchill jedoch übermittelt, daß Amerika und Rußland ordentliche Gerichtsverfahren gegen die deutschen Kriegsverbrecher wünschten. Hitler entzog sich dem bekanntlich durch Selbstmord.

Der richtige Zeitpunkt

Gegen Ende des Kriegs begann Churchills Popularität in England zu verblassen. »Er hat seine Schuldigkeit getan, und es ist hohe Zeit, daß er sich auf seinen Lorbeeren ausruht, bevor wir vergessen, was wir ihm schuldig sind« – so und so ähnlich war es in den Zeitungen zu lesen.

Dann machte ein Gerücht die Runde, Churchill sei gestorben. Als es ihm zu Ohren kam, sagte er: »Es wäre sehr viel geschickter, man hätte es sich für den Wahltag aufgespart.«

Es muß mal gesagt sein

Nach Roosevelts Tod meinte Churchill, dem neuen amerikanischen Präsidenten Truman die Kräfteverhältnisse erklären zu müssen: Auf der Potsdamer Konferenz ließ er verlauten, Großbritannien sei zwar keine so große Macht wie die Vereinigten Staaten, habe aber doch »viel zu bieten«.

Enttäuscht

Während man in Potsdam noch am Konferenztisch verhandelte, wurde Churchill durch die stattfindende Wahl vom Amt des Premierministers abberufen.

»Wer weiß«, tröstete ihn sein Gattin, »vielleicht ist es ein verkapptes Glück.«

»Wenn es ein verkapptes Glück ist, dann muß ich sagen, es ist verdammt wirksam verkappt«, knurrte Churchill.

In alter Schärfe

Anläßlich des Wahlkampfes 1945 nahm Churchill an einem Fest teil. Ernest Bevin, der einstige Gewerkschaftsführer, den Churchill 1940 als Arbeitsminister in sein Kabinett geholt hatte, und der sein jetziger Widersacher war, schwang das Tanzbein.

Eine der Damen, mit der sich Churchill vergnügt unterhielt, fragte: »Sagen Sie, Mister Churchill, was ist das für ein Tanz, den Mister Bevin gerade aufs Parkett legt?«

Churchill sah seine Nachbarin verschmitzt von der Seite an und sagte: »Das ist kein Tanz, meine Gnädigste. Das ist eine Arbeiterbewegung!«

Abgelehnt

Kurz nach Churchills Wahlniederlage wollte ihm der König den Hosenbandorden verleihen. Churchill lehnte ab mit der Bemerkung: »Warum sollte ich von seiner Majestät ein Kreuz entgegennehmen, wenn ich doch gerade erst vom englischen Volk einen Tritt ins Kreuz bekommen habe.«

Nicht aufgeben

Seinen Posten als Premier verlor Churchill, eine Labour-Regierung wurde gebildet, und Churchill stand an der Spitze der konservativen Opposition – er war nicht oft zu sehen im Parlament. Er trat als Redner im In- und Ausland auf, war Ehrengast, verfaßte Artikel und schrieb unermüdlich an seiner großen »Geschichte des 2. Weltkrieges«.

Als ihn ein Verleger fragte, ob er denn bereit sei, ihm das Buch, an dem er schreibe, zur Veröffentlichung zu überlassen, antwortete Churchill: »Ich schreibe kein Buch, ich baue ein Besitztum auf.«

Schreibstimulanz

Als Churchill seine Memoiren schrieb und die ereignisreiche Zeit von Casablanca bis zur Konferenz von Jalta abhandelte, war er so bewegt von seinen Erinnerungen, daß dem versierten Schreiber die rechten Worte nicht in die Feder fließen wollten. Öfter als sonst läutete er nach James, seinem Diener, um sich einen frischen, eisgekühlten Whisky-Soda bringen zu lassen.

»Dieses ist jetzt schon der vierte, Sir«, sagte James mit leichtem Vorwurf in der Stimme.

»Gut, daß Sie mich daran erinnern, James. Nach dem sechsten wollen wir kürzer treten – lassen Sie dann das Soda weg!«

Erkenntnis

»Es braucht sehr viel Gewissenhaftigkeit, um festzustellen, ob man müde ist oder nur faul.«

»Von Stettin in der Ostsee bis Triest im Mittelmeer senkte sich ein ›eiserner Vorhang‹ über den Kontinent. Hinter dieser Linie liegen alle Hauptstädte der alten Staaten von Zentral- und Osteuropa ... ich nenne sie die Sowjetische Sphäre ...«,

Churchill hat den Ausdruck »eiserner Vorhang« nicht erfunden, vor ihm gebrauchte ihn Goebbels, und bereits 1918 hatte der russische Autor Rosanow ihn benutzt, um die Isolation Sowjet-Rußlands vom übrigen Europa zu beschreiben. Durch Churchill aber wurde er zur Bezeichnung für die Abschottung des Ostblocks vom Westblock.

Churchill verwendete ihn erstmals im Mai 1945 in einem Telegramm an Truman und gebrauchte ihn im März 1946 bei einer Rede in Fulton, Missouri, wo auch der Präsident anwesend war.

In Erwiderung auf die Fulton-Rede gab Stalin ein Interview in der *Prawda,* in dem er erklärte: »Im Grunde genommen nimmt Churchill jetzt die Stellung der Kriegsbrandstifter ein ... Es ist unbezweifelbar, daß die Einstellung Churchills eine Einstellung für den Krieg ist, ein Aufruf zu einem Krieg gegen die UdSSR.«

1947 prägte der US-amerikanische Journalist Walter Lippmann den Begriff vom »Kalten Krieg«.

Stalin

Nicht belegt ist Churchills oft zitierter Ausspruch, daß mit dem Sieg über Nazi-Deutschland »das falsche Schwein geschlachtet« worden sei, denn Stalin stelle die eigentliche Bedrohung dar. »Hinter dem Reiter sitzt die schwarze Sorge«, sagte er, auf den Feldmarschall gemünzt. Und als imperialer Denker wußte er: »Wir können es uns nicht leisten, mit einer knappen Überlegenheit an Macht zufrieden zu sein.«

Keine Inder

Als Mahatma Gandhi 1942 inhaftiert wurde und in Hungerstreik trat, hatte Churchill geäußert: »Gandhi soll tun, was er will.« Auch nach dem Krieg war Churchill noch immer gegen die Indische Unabhängigkeit. Als Lord Irwin ihn anhielt, seine Meinung zu Indien doch bitte der Realität anzugleichen, indem er einfach mal mit ein paar Indern sprechen möge, sagte Churchill: »Ich bin eigentlich ganz zufrieden mit meiner Meinung über Indien und möchte daher nicht, daß sie von irgendwelchen dahergelaufenen Indern durcheinandergebracht wird.«

Gutes Englisch

In einer Rede im Jahr 1950 sagte Churchill. »Unser Schatzkanzler Sir Stafford Cripps nimmt nicht gern das Wort Löhne in den Mund, aber eben das meint er. Dann soll er es sagen. Das ist wie die Sache mit *houses and homes!* In Zukunft sollen Sie Wohnraumeinheiten heißen. Ich weiß nicht recht, wie wir dann das schöne alte Lied *Home Sweet Home* singen sollen. Vielleicht *Wohnraumeinheit süße Wohnraumeinheit?*«

Wieder im Amt

1951 wurde Churchill zum drittenmal Premierminister; es kam keine große politische Aufgabe auf ihn zu, aber ein Ereignis nach seinem Geschmack: Im Februar 1952 starb König Georg VI. Churchill widmete sich mit großer Befriedigung den Aufgaben, die mit der Bestattung des Königs und der Thronbesteigung seiner Tochter verbunden waren. Vor allem hielt er eine ganze Flut von Reden. Spötter im Unterhaus meinten, er genoß jede Minute der Trauerfeierlichkeiten, die sich über eine Woche erstreckten.

Schlechtgelaunt

Zur Krönung von Elisabeth II. im Jahre 1952 waren viele illustre Gäste geladen, unter ihnen auch Churchill. Die Zeremonie zog sich in die Länge. Churchill wurde zunehmend unleidlich und vor allem hungrig. Hungrig und auch jähzornig.

Als die Gäste den Raum nach der Zeremonie endlich verließen, zeigte ein Begleiter Churchills auf einen kleinen schwarzen Jungen, der die Schleppe der Königin von Tonga trug. »Wer ist denn das?« fragte er.

Churchill antwortete: »Das ist ihr Mittagessen.«

Ach was

Churchill wurde gefragt, ob es ihm während der Zeit des Krieges nicht schwergefallen sei, ruhig zu schlafen.

»Ach was«, wehrte er ab, »ich habe den Kopf auf das Kissen gelegt, habe gesagt: ›Zum Teufel alle miteinander!‹, und schon war ich weg.«

Einsichtig

Sein Leben lang war Churchill Zigarrenraucher gewesen. Der passionierte Raucher zeigte sich durchaus einsichtig, wenn ihm warnende Stimmen die gesundheitlichen Risiken vor Augen führten.

»Wenn sie wieder und wieder von der Gefährlichkeit des Rauchens lesen«, sagte er, »dann hören sie eines Tages auf ... zu lesen.«

Zielgruppenanalyse

Gerne erzählte Churchill die Geschichte von dem Mann, der an einer Straßenecke den kommunistischen *Daily Worker* kaufen wollte. »Tut mir leid, Genosse«, sagt der Zeitungsverkäufer, »ich beziehe den *Daily Worker* nicht mehr. Nur Erzbischöfe und Lords kaufen ihn noch.«

Der Weltbürger

Churchill war nach Paris eingeladen. Er kam am Gare du Nord an, bahnte sich brüsk einen Weg durch die zum Empfang angetretenen Honoratioren, stieg in den wartenden Wagen und ließ sich ins Hotel fahren. Die Franzosen waren bestürzt, bis Churchill beim Abendessen erklärte: »Sie haben sicher heute morgen bemerkt, daß ich mich eigenartig verhielt. Das kam so. Ich hatte beschlossen, ohne meinen Kammerdiener zu reisen, was ich seit zwanzig Jahren nicht mehr getan habe. Zu meiner Überraschung entdeckte ich, daß ich durchaus allein imstande war über den roten Teppich zu gehen, in den Zug zu steigen, mir ein Glas Whisky zu bestellen, eine Zigarre anzuzünden und die Zeitung zu lesen. Sogar mein Bett fand ich allein und konnte auch selber meinen Pyjama anziehen. Am Morgen konnte ich mich ohne Schwierigkeiten rasieren, meine Haare, soweit noch vorhanden, bürsten, die Krawatte binden und meinen Rock anziehen. Erst als ich versuchte, auf Ihre freundliche Begrüßung zu antworten, merkte ich – daß ich meine Zähne im Schlafwagen vergessen hatte.«

Auftragsmalerei

Einmal besuchte Churchill Henry Luce, Mitbegründer des *Time Magazins*, dessen Titelblatt mit der Darstellung Churchills als Bulldogge einst Furore gemacht hatte.

In Luces privatem Büro hing ein von Churchill gemaltes Bild.

»Es ist ein gutes Bild«, sagte Luce, »aber ich denke, irgendwas sollte in den Vordergrund, vielleicht ein Schaf?«

Am nächsten Morgen erhielt Luce einen Anruf aus Churchills Büro: Das Bild solle unverzüglich an Churchill zurückgeschickt werden.

Luce kannte Churchill lange genug und machte sich ernsthaft Sorgen darüber, daß er den Staatsmann und Hobbymaler verletzt, womöglich als Freund verloren habe. Aber er gehorchte und ließ das Bild übersenden.

Einige Tage später kam die Leinwand zurück – mit einem einsam grasenden Schaf im Vordergrund.

Auf die Details kommt es an

Eines Abends entschied Churchill, daß er seinen letzten Termin des Tages nicht wahrnehmen wollte, den Besuch eines langweiligen Diplomaten, der immer länger blieb, als er willkommen war. »Wenn der Besucher kommt, sag ihm, daß ich nicht da bin«, wies er seinen Butler an. Nach einem Moment des Nachdenkens fügte er hinzu: »Und um ihn zu überzeugen, wirst du eine meiner Zigarren rauchen, wenn du ihm die Tür öffnest.«

Déjà vu

Churchill war mit dem Auto unterwegs, und sein Chauffeur hatte sich verfahren. Churchill sprach einen Fußgänger an: »Können Sie uns sagen, guter Mann, wo wir uns befinden?«

»Im Auto«, erwiderte der Angesprochene und ging seines Wegs.

»Das kann man eine echte Unterhaus-Antwort nennen«, goutierte Churchill. »Erstens war sie kurz und unverschämt. Zweitens war sie völlig überflüssig, und drittens enthielt sie nicht, was der Frager vorher nicht schon wußte.«

Charmant

Als Churchill Ehrengast auf einem Ärztekongreß war, brachte er folgenden Trinkspruch aus: »Lord Moran war mein Begleiter auf den verschiedenen Reisen, die ich während des Krieges in öffentlichem Auftrag um die Welt herum unternommen habe, und er war immer ein treuer und ermutigender Freund. Wie Sie aus der ausgezeichneten Rede, die Sie eben gehört haben, entnehmen können, teilen wir uns in unsere Arbeit: Er lehrt mich die Kunst, in der Öffentlichkeit zu reden, und ich lehre ihn, wie man Lungenentzündungen heilt.«

Ein englischer Patient

Churchill litt häufig unter Erkältungen und Lungenentzündungen und war ein ungeduldiger Patient. Sein Mißtrauen galt den Ärzten: »Ich glaube nämlich, die Doktoren versuchen, mich im Bett zu halten.«

Abgelehnt

Eine Puppenfirma wandte sich an Churchill und bat um die Erlaubnis, eine ihm ähnliche Babypuppe unter seinem Namen verkaufen zu dürfen.

Churchill lehnte ab: »Sie überschätzen mich. Als Spielzeug für kleine Mädchen habe ich mich mein Leben lang nicht geeignet.«

Nicht ohne meine Zigarre

Die Churchills waren auf das königliche Schloß Balmoral in Schottland eingeladen und reisten mit dem Zug dorthin. Kaum auf dem Bahnsteig, zündete sich der Dauerraucher eine Zigarre an. Er hatte nur ein paar Züge genommen, da erschien die Königin. Er ging ihr zur Begrüßung entgegen – natürlich begrüßt man eine Königin nicht mit Glimmstengel. Elisabeth hatte sehr wohl gesehen, daß da bis eben eine Zigarre gewesen war, und wunderte sich.

»Ich habe sie geparkt, Eure Majestät«, antwortete Churchill und wies strahlend auf eine Blumenrabatte, in der das gute Stück unversehrt lag.

Welcher Maßstab?

1953 fragte ein Journalist Churchill: »Welches war der größte Triumph in Ihrem langen Leben?«

»Ach, wissen Sie«, erwiderte Sir Winston, »solange ich jung und gesund war, habe ich mich vor niemandem gefürchtet. Daher zähle ich die Siege jener Zeit gar nicht so. Aber daß ich durch eine harmlose Grippe, die mich in der letzten Woche ans Bett fesselte, mit den Berichten über meinen Gesundheitszustand dieses Monster, den Massenmörder John Christie, von den ersten Seiten der Zeitungen verdrängen konnte, das war ein wirklicher Triumph!«

Memoirenschreiber

Feldmarschall Montgomery veröffentlichte 1958 seine Memoiren; das Buch soll ihm Millionen eingebracht haben. Als ein Journalist Churchill fragte, was er von dem Buch halte, meinte er lächelnd: »Nun, ich muß zugeben, daß der Feldmarschall in Übereinstimmung mit der ruhmreichen Tradition der britischen Armee gehandelt hat – indem er sein Leben teuer verkaufte!«

Gerüchteküche

Consuela Vanderbilt, frischgeschiedene Herzogin von Marlborough, beklagte sich bei ihrem Tischherrn Churchill. »Die Welt ist so boshaft und schlecht! Stellen Sie sich vor, da wurde rumerzählt, ich hätte Zwillinge bekommen!«

»Madame, trösten Sie sich«, sagte Churchill, »ich glaube ja von allem, was man mir erzählt, immer nur die Hälfte!«

Sie weiß, wovon sie spricht

Clementine Churchill gab einmal in einem Kreis junger Damen der besseren Gesellschaft folgenden Ratschlag für den Umgang mit Ehemännern: »Sie dürfen Sie niemals zwingen, mit Ihnen der gleichen Meinung zu sein. Sie werden mehr erreichen, wenn Sie *ruhig* an Ihrer Überzeugung festhalten. Und auch das muß mit einer gewissen Kunst und mit Humor geschehen.«

Fünfundvierzig Ehejahre mit Winston lagen da hinter ihr.

Gutes Benehmen

1936 hatte Sarah, Churchills zweite Tochter, geheiratet. Churchill war alles andere als glücklich über diese Verbindung zwischen seiner schauspielernden Tochter und diesem »Radio-Komödianten« Victor Oliver von Samek. Die Ehe wurde 1945 geschieden. Als Oliver seinen Ex-Schwiegervater später einmal fragte, welchen Politiker er während des Krieges am meisten bewundert habe, grummelte Churchill: »Mussolini.«

»Warum?« fragte Oliver.

»Weil der die Courage hatte, seinen Schwiegersohn erschießen zu lassen«, lautete die Antwort.

High Noon

Als das Leben Churchills verfilmt werden sollte, wies man den Politiker darauf hin, daß der Produzent bisher nur Wildwestfilme gedreht habe. Das aber störte den alten Herrn gar nicht.

»In meinem Leben«, meinte er, »sind die Zutaten die gleichen wie bei einem Western. Eine große Verfolgungsjagd kommt vor, der Bösewicht ist da – und der Held ebenfalls. Laßt ihn nur machen!«

Warum nicht

Ein Fotograf, der an Churchills achtzigstem Geburtstag Aufnahmen von ihm gemacht hatte, meinte höflich, er hoffe, ihn auch an seinem hundertsten Geburtstag fotografieren zu können.

»Warum nicht, junger Mann?« sagte Churchill. »Sie sehen doch noch ganz fit aus.«

Danke

Als ein Unterhausabgeordneter Churchill zum achtzigsten Geburtstag mit den Worten »Wir wünschen ein langes und glückliches Leben« gratulierte, bedankte sich der Jubilar kurz und bündig: »Danke, schon gehabt!«

Interpretationsfrage

Das Parlament überreichte Churchill zum Achtzigsten sein Ölporträt als Geschenk. »Dieses Bild ist wahr, es ist das Bild eines niedergeschlagen dreinschauenden alten Mannes, der an die Atombombe denkt«, interpretierte ein Labourabgeordneter am Rande der Veranstaltung.

Wie wahr

Manches Bonmot wurde Churchill zugeschrieben, das wahrlich nicht aus seinem Munde stammte. Weit entfernt, hier etwas richtigzustellen, pflegte er schlitzohrig zu fragen: »Ist das von mir?« Und behielt die Worte im Gedächtnis, um sie bei passender Gelegenheit als seinen Einfall zu verwenden.

Der scheidende Premier

Am 4. April 1955 erschien Königin Elisabeth mit ihrem Gatten in der Downing Street 10 zu einem Diner – eine Ehrbezeugung gegenüber dem Premier, der sich aus gesundheitlichen Gründen zum Rücktritt entschlossen hatte und tags darauf sein Gesuch im Buckinghampalast einreichte.

Churchill gab einen Tee für alle Mitarbeiter und verließ die Downing Street – mit der Zigarre im Mund, den Pudel unterm Arm, nahm er im Auto Platz und machte sein berühmtes Victory-Zeichen, mit dem er während des Kriegs bei öffentlichen Auftritten die Leute begrüßt hatte.

Auch ein Fazit

»Wahr ist, daß die Politik zu den gefährlichen Beschäftigungen gerechnet werden muß. Ist die Downing Street nicht eigentlich eine Abkürzung zum Grabe?«

Der lange Abschied

Doch Churchill blieb Parlamentsmitglied – er zog von der sogenannten Schatzmeisterbank, die für Regierungsmitglieder bestimmt ist, auf eine Eckbank im Quergang um. Aber er beteiligte sich nicht mehr an den Debatten. 1964 faßte er den Entschluß, sich nicht mehr für die Parlamentswahlen aufstellen zu lassen. Das Unterhaus bereitete ihm einen herzlichen Abschied, Reden wurden gehalten, die Verdienste des 89jährigen gewürdigt.

Am nächsten Tag nahm er wieder Platz im Parlament.

Rück- und Ausblick

»Es ist ein großer Vorteil im Leben, die Fehler, aus denen man lernen kann, möglichst jung zu begehen.«

Nicht zum alten Eisen

Zwei Kollegen, die eine Bank hinter Churchill saßen, unterhielten sich.

»Schade um den Alten! Man sagt, daß er jetzt so schnell müde wird.«

»Ja«, stimmte der andere zu, »er schafft es nicht mehr, länger als zwei Stunden am Tag tätig zu sein.«

Da drehte sich der Alte um und sagte laut: »Und falls Sie es noch nicht wissen sollten, man behauptet auch, er wäre so gut wie taub!«

Wie gehabt

Im Januar 1960 fragte ein Reporter Churchill bei einem Empfang: »Was ist Ihr Kommentar zu der Vorhersage, daß im Jahr 2000 Frauen die Welt regieren werden?«

Churchill zuckte mit den Schultern: »Sie werden also immer noch die Welt regieren ...«

Ein Verehrer

John F. Kennedy verehrte den Staatsmann und suchte Gelegenheit, ihn zu treffen. Die ergab sich, als die Kennedys und die Churchills zu Gast an Bord der Yacht des griechischen Reeders Onassis waren. Zitternd vor Aufregung drückte Kennedy dem Hochbetagten die Hand, doch ein Gespräch kam nicht so recht zustande. »Kennedy hat seinen Helden zu spät getroffen«, bemerkte ein Journalist.

Der Präsident mußte sich damit begnügen, eine Gewohnheit Churchills zu kopieren: tagsüber unbedingt eine Stunde Schlaf, aber im Pyjama, denn nur das brachte, nach Churchill, den gewünschten Effekt.

Internationale Beziehungen

1963 mußte der britische Verteidigungsminister zurücktreten – mit dem sogenannten Profumo-Skandal ging sein Name in die politischen Annalen ein. John Profumo hatte eine Affäre mit dem Fotomodell Christine Keeler, die gleichzeitig eine Beziehung zu einem sowjetischen Militärattaché und Spion unterhielt.

Churchills Kommentar: »Es ist ja amüsant, wenn England und Rußland sich einmal auf demselben Schlachtfeld begegnen.«

Trick

»Ich habe ein Heilmittel gegen Sorgen, das immer wirkt. Lassen Sie nie eine Sorge, sie mag noch so groß sein, allein durch Ihren Kopf gehen. Es macht Sie verrückt. Geben Sie ihr Gesellschaft – möglichst eine kleine Sorge, und schreiben Sie die auf ein Blatt Papier. Dann verbringen Sie einige Zeit mit Nachdenken über diese zweite Sorge, und die erste wird allmählich nachlassen.«

Kein Geheimnis

Als sein 90. Geburtstag heranrückte, wurde Churchill nach dem Geheimnis seines langen Lebens gefragt. Er antwortete: »No sports. Ich habe mein ganzes Leben keinen Sport getrieben.«

Der Jubilar

Zu Churchills Neunzigstem fanden, seiner schwer angeschlagenen Gesundheit wegen, keine Feiern statt ... aber 60000 Briefe und Telegramme trafen ein.

Wer weiß das?

»Ich bin bereit, dem lieben Herrgott gegenüberzutreten«, sagte Churchill, als er spürte, daß es dem Ende zuging. »Ob mein Schöpfer aber auf die Begegnung mit mir vorbereitet ist, steht auf einem ganz anderen Blatt.«

Unsere Besten

Im Jahr 2002 initiierte der BBC eine telefonische Abstimmung, um den »bedeutendsten Briten aller Zeiten« zu wählen. 450 000 Bewohner des Vereinigten Königreiches beteiligten sich daran – der eindeutige Gewinner hieß Sir Winston Churchill.

Charlies Tod

2006 fand sich eine Todesmeldung in der ein oder anderen Zeitung, abgedruckt in der Rubrik »Vermischtes«. Im Alter von 106 Jahren war der Papagei des früheren britischen Premierministers Winston Churchill gestorben. Bis dahin hatte er täglich auf Adolf Hitler und die Nazis geschimpft. Seine Lieblingssprüche: »Fuck Hitler« und »Fuck the Nazis«.

Churchill hatte die Papageiendame »Charlie« 1937 gekauft und sofort begonnen, ihr Flüche beizubringen. Nach Churchills Tod erwarb ein Tierhändler den Vogel, doch Charlie verdarb ihm das Geschäft: Ihr Fluchen vertrieb die Kunden. Der Händler schickte die Papageiendame schließlich ins Exil – in ein Gartencenter im englischen Reigate, wo sie 2006 ihr Leben – ob mit einem Fluch, ist unbekannt – aushauchte.

30. November 1874

Winston Leonard Spencer Churchill wird als Sohn des konservativen Politikers Lord Randolph Spencer Churchill und der amerikanischen Millionärstochter Jennie Jerome auf dem Schloß seines Großvaters, Blenheim Palace, bei Woodstock in Oxfordshire geboren. Der Großvater, John Winston Spencer-Churchill, war als siebter Herzog von Marlborough Mitglied des englischen Hochadels. Als dritter Sohn erbte Randolph Churchill nicht den Herzogstitel.

1881–1892

Seine Herkunft sichert Winston Churchill die Aufnahme in renommierte Internate. Besuch der Eliteschulen in Ascot, Brighton und Harrow. Seine Leistungen sind mangelhaft, er bleibt mehrfach sitzen.

1893–1895

Kadett an der Royal Military Academy in Sandhurst.

1895

Tod des Vaters.

1896–1899

Als Kavallerieleutnant nimmt er an Feldzügen in Kuba, Indien und dem Sudan teil.

1899/1900

Als Kriegsberichterstatter für die *Morning Post* im Burenkrieg, wo er in Gefangenschaft gerät. Churchill gelingt die spektakuläre Flucht von Pretoria zur über 500 Kilometer entfernten portugiesischen Delago Bay. Seine Kriegsberichte und sein Buch über die Flucht machen ihn in England bekannt und populär.
Seine Mutter, Jennie Jerome, der zahlreiche Affären u.a. mit König Edward VII. von Großbritannien, König Milan von Serbien und Karl Graf Kinsky nachgesagt werden, heiratet einen Offizier der Scots Guards.

1900/01

Churchill wird als Mitglied der Konservativen Partei (Tory) ins Unterhaus gewählt und zieht für den Wahlkreis Oldham ins Parlament ein.

1904

31. Mai: demonstrativer Übertritt zu den Whigs, wo er dem sozialreformerischen Parteiflügel angehört.

1906

Durch den Wahlsieg der Liberalen Partei wird Churchill Unterstaatssekretär für die Kolonien.

1908–1910

Handelsminister in der Regierung von Herbert Henry Asquith.

September: Heirat mit Clementine Hozier, mit der er bis zu seinem Tod zusammenlebt. Dem Ehepaar werden ein Sohn und vier Töchter geboren.

1910

Churchill übernimmt das mit außerordentlichen Vollmachten ausgestattete Innenministerium.

1911–1915

Marineminister (Erster Lord der Admiralität). Er treibt die britische Flottenrüstung voran; seine wichtigste Entscheidung ist die Umrüstung der Kriegsflotte von Kohle- auf Ölfeuerung, was ihren Aktionsradius im Ersten Weltkrieg deutlich erhöht. Er bestimmt Englands Kriegspolitik als Kabinettsmitglied und Oberbefehlshaber der Royal Navy entscheidend mit und überschreitet seine Kompetenzen mitunter erheblich, etwa als er sich im Spätsommer 1914 in die Operationen der britischen Expeditionsstreitkräfte in Belgien einmischt und auf eigene Faust die Verteidigung Antwerpens zu organisieren versucht.

1915

Zu einem Fehlschlag wird sein Plan, die Kriegsgegner Deutschland und Österreich im Süden über die mit ihnen verbündete Türkei anzugreifen. Das Landeunternehmen britischer, französischer, indischer, australischer und neuseeländischer Truppen auf Gallipoli an den Dardanellen wird ein Mißerfolg. Churchill muß die Admiralität verlassen; am 18. Mai 1915 tritt er zurück. Bis zum Jahresende verbleibt er in der unbedeutenden Position des Kanzlers des Herzogtums Lancaster.

Im November desselben Jahres meldet er sich zur Armee und geht als Major an die Front nach Frankreich.

1916

Churchill kehrt als Abgeordneter ins Parlament zurück.

1917

Von Premierminister David Lloyd George wird Churchill als Munitionsminister in die Regierung zurückberufen.

1918-1921

Als Kriegs- und Luftfahrtminister baut er die britische Luftwaffe auf, treibt die bewaffnete Intervention gegen die Sowjetunion voran und leitet nach Kriegsende die britische Demobilisierung.

1921

Tod der Mutter, Beisetzung im Familiengrab der Churchills auf dem St. Martins Friedhof in

Bladon (Oxfordshire) neben ihrem ersten Ehemann.

1921/22
Kolonialminister bis zum Sturz des liberalen Kabinetts Lloyd George 1922. Sein Vorgehen gegen die nationalen Befreiungsbewegungen sichert ihm Sympathien bei Liberalen wie Konservativen.

1924
Nach zwei Jahren ohne politisches Amt und zwanzig Jahre nach seinem ersten Parteiwechsel tritt er 1924 erneut der Konservativen Partei bei.

1924–1929
Im November 1924 wird er Schatzkanzler (Finanzminister) in der konservativen Regierung des neuen Premiers Stanley Baldwin und bleibt es bis zu dessen Abwahl 1929. Seine konservative Finanzpolitik führt zu steigender Arbeitslosigkeit. Es kommt 1926 zum Generalstreik.

1930
Churchill überwirft sich mit dem abgewählten Premier und Chef der Konservativen, weil er dessen angeblich zu nachgiebige Haltung gegenüber der indischen Unabhängigkeitsbewegung mißbilligt.

1930–1939

Ohne politisches Amt widmet sich Churchill vor allem historischen und schriftstellerischen Arbeiten auf seinem Landsitz Chartwell in Kent. Es entstehen unter anderem die großangelegte Biographie seines Ahnherrn Marlborough und die vierbändige Geschichte der englischsprachigen Völker. Er gilt in jenen Jahren als der »bestbezahlte Schriftsteller und Kolumnist der Welt«. Seine Stellungnahme gegen Arthur Neville Chamberlains Politik der Beschwichtigung (Appeasement-Politik) und seine Warnung vor den Gefahren des nationalsozialistischen Regimes stoßen in der Öffentlichkeit auf wachsende Resonanz.

1939

Seit der Annexion Österreichs und des Sudetenlandes 1938 durch das Deutsche Reich findet Churchill wieder zunehmend Gehör. Von Premierminister Chamberlain wird er erneut mit dem Amt des Ersten Lords der Admiralität betraut.

1940

10. Mai: Nach dem Beginn des deutschen »Westfeldzugs« gegen Frankreich wird Churchill unter dem Druck der öffentlichen Meinung Premier- und Verteidigungsminister einer neugebildeten Koalitionsregierung und Parteiführer der Konservativen. Während des Kriegs wird er zum

Motor des britischen Widerstands gegen Hitler. Er ist Initiator der »Grand Alliance« zwischen Großbritannien, den USA und der UdSSR, agiert als eingeschworener Kommunistenfeind geschickt im Interesse der Westmächte und zögert die Errichtung der zweiten Front hinaus, um die Sowjetunion »ausbluten« zu lassen.

1941
14. August: Veröffentlichung der gemeinsam von Churchill und Franklin D. Roosevelt verkündeten Atlantikcharta, die 1942 ein Grunddokument der Vereinten Nationen wird.

1942
Churchill ernennt Luftmarschall Arthur Harris zum Oberbefehlshaber des britischen Bomber Command, der zu den Verfechtern des »moral bombing« gehört, dem Flächenbombardement zur Brechung der Kampfmoral des Feindes.

1943
Auf der Konferenz von Casablanca vom 14. bis 26. Januar legen Churchill und Roosevelt die gemeinsame Kriegsstrategie fest.
Auf der Konferenz von Teheran vom 28. November bis 1. Dezember treffen erstmals Churchill, Roosevelt und Stalin zusammen: Dieser drängt auf die Eröffnung einer zweiten Front in Frankreich.

1944

6. Juni: Mit der Operation Overlord findet die von Stalin lange geforderte alliierte Landung in der Normandie statt.
11. bis 16. September: Churchill trifft sich mit Roosevelt im kanadischen Québec.
Oktober: Churchill besucht mit Außenminister Anthony Eden Moskau.

1945

4. bis 11. Februar: Auf der Konferenz von Jalta wird die Aufteilung Deutschlands in vier Besatzungszonen beschlossen.
Churchill stattet seinem Oberbefehlshaber, Feldmarschall Bernard Montgomery, im März einen Besuch ab und setzt mit ihm bei Wesel über den Rhein.
8. Mai: Churchill verkündet vor dem Unterhaus die bedingungslose Kapitulation Deutschlands.
17. Juli bis 2. August: Churchill nimmt an der Potsdamer Konferenz in Schloß Cecilienhof teil. Nach der Wahlniederlage der Konservativen muß er als Premierminister zurücktreten.

1946

5. März: In der Rolle des britischen Oppositionsführers hält Churchill in Fulton (USA), eine Rede, in der er vom »Eisernen Vorhang« inmitten Europas spricht. Er bestärkt die USA auch darin, ihr bis 1954 bestehendes Monopol auf Atombomben

für offensive, gegen die Sowjetunion gerichtete politische Ziele zu gebrauchen.
19. September: In einer Rede in Zürich ruft Churchill zur europäischen Zusammenarbeit auf, betrachtet jedoch Großbritannien nicht als Teil des engeren Europa.

1951–1955
Nach dem Wahlsieg der Konservativen Partei wird Churchill erneut Premierminister. Er ist weiterhin überzeugter Verfechter des Britischen Empire und des Kolonialismus, unterstützt etwa 1951 die Maßnahmen der CIA, die die Verstaatlichung der iranischen Erdölindustrie rückgängig machen und zur Wiedereinsetzung von Schah Reza Pahlavi führen.

1953
Churchill erhält den Nobelpreis für Literatur für sein historisches Werk »Der Zweite Weltkrieg«. Königin Elisabeth II. schlägt ihn zum Ritter. Den angebotenen Herzogstitel lehnt er in den Folgejahren mehrfach ab, um weiter für das Unterhaus kandidieren zu können.
Ein Schlaganfall macht ihn zeitweise arbeitsunfähig und führt 1955 zu seinem vorzeitigen Rücktritt.

1955–1959
Churchill wird noch einmal ins Unterhaus

gewählt, tritt als Redner aber nicht mehr in Erscheinung.

1965

24. Januar: Sir Winston Churchill stirbt in London und wird mit einem Staatsakt in der Saint Paul's Cathedral geehrt. Seine Beisetzung erfolgt auf dem Familienfriedhof in Bladon.

Quellen

Charmley, John: Churchill. Das Ende einer Legende, Berlin 1997

Haffner, Sebastian: Winston Churchill, Reinbek 1967

Roberts, Andrew: Churchill und seine Zeit, München 1998

Truchanowski, W. G.: Winston Churchill. Eine politische Biographie, Berlin 1976

Winston Churchill in der Anekdote, hg. von Karl Zentner, München 1968

Winston Churchill. Leben, Reden, Gedanken, Anekdoten, Bern 1967

www.anecdotage.com

Anekdoten bei Eulenspiegel

Napoléon-Anekdoten
Das ist die Sonne von Austerlitz

Einen Berg dicker gelehrter Schwarten über Napoléon hat Bernhard Thieme festen Auges gesichtet und dann ganz selbstbewußt ein kleines Bändchen danebengelegt, ein Anekdotenbändchen. Warum? Was sollte besser geeignet sein, dem Charakter des berühmtesten Franzosen nachzuforschen, als seine spontanen Reaktionen und Aussprüche? Beim Lesen der mit Sachverstand und Humor gesammelten und aufgeschriebenen Anekdoten wird schnell klar, daß der kleinwüchsige Korse durchaus nicht nur der Hitzkopf war, als den wir ihn aus Filmen kennen. Vieles, was an Anekdotischem über ihn kursiert, hat das Schlitzohr kühl kalkulierend selber in Umlauf gesetzt. Napoléon war nämlich sein eigener PR-Experte. Sorgfältig scheidet der Autor hier Dichtung und Wahrheit und läßt den Leser die Suche nach dem »wahren« Napoléon mitvollziehen. Pointiert, wie diese kleinen Geschichten sind, lassen sie einen aber vor allem eins: schmunzeln.

128 S., geb., 9,90 Euro
ISBN 978-3-359-01303-7

Anekdoten bei Eulenspiegel

Fidel-Castro-Anekdoten
Wenn ich sterbe, wird es keiner glauben

Fidel Castro, seit 1959 Erster Mann in Havanna, überstand neun amerikanische Präsidenten, fünf sowjetische Generalsekretäre, dreißig Jahre Kalten Krieg, den Zusammenbruch des sozialistischen Weltlagers, viereinhalb Jahrzehnte amerikanischer Wirtschaftsblockade. Mit rund sechshundert gegen ihn geplanten Mordanschlägen hält er einen bedenklichen Rekord, den er lakonisch kommentiert: »Tiere sind geschützt. Man darf keine Löwen töten und keine Nashörner. Ich hingegen bin die einzige Art, auf die das ganze Jahr über Jagdsaison ist.« Der Staatsmann in der Rebellenuniform ist eine Herausforderung für seine politischen Anhänger wie Gegner. Zu den Legenden, die über ihn in Umlauf sind, hat Castro selbst beigetragen. Kein Wunder bei einem, der rund 1000 Interviews gegeben und mehr als 3000 freie Reden gehalten hat. Lateinamerika-Kenner Peter Jacobs hat gesichtet und gesammelt und zeichnet ein beeindruckendes Porträt des Máximo Líder.

128 S., geb., 9,90 Euro
ISBN 978-3-359-01315-0

ISBN: 978-3-359-01317-4

Neue Grünstraße 18, 10179 Berlin
Umschlaggestaltung von Matthias Gubig, unter Verwendung eines Fotos von Winston Churchill
Druck und Bindung: Salzland Druck, Staßfurt

Die Bücher des Eulenspiegel Verlags
erscheinen in der Eulenspiegel Verlagsgruppe.

www.eulenspiegel-verlag.de